Całujcie mnie w zupę

Sarah Lyons Fleming

Całujcie mnie w zupę

Opowiadanie z cyklu „Aż do końca świata"

Tłumaczenie Piotr Kucharski

Podium

Całujcie mnie w zupę

Tłumaczenie Piotr Kucharski

Tytuł oryginału *So long, Lollipops*

Język oryginału angielski

Zdjęcie na okładce: Shutterstock
Copyright © 2013, 2022 Sarah Lyons Fleming i SAGA Egmont

Wszystkie prawa zastrzeżone

ISBN: 978-1-0394-6076-8

Wydanie I

www.podiumentertainment.com

Dla czytelników, którzy powiedzieli mi, że *Aż do końca świata* coś dla nich znaczyło. Wasze słowa są dla mnie ogromnie ważne.

I dla moich rodziców, którzy w pełni wspierają moje wariactwo.

Całujcie mnie w zupę

Rozdział 1

Wpatrywanie się w odjeżdżającego pikapa nie było najbardziej błyskotliwym z pomysłów, nie przy tych wszystkich zombie tłoczących się u podstawy śmietnika, na którym stał. Jednak Peter zdawał sobie sprawę z tego, że umrze. A jako że zostały mu tylko godziny – może nawet minuty – życia, zamierzał spędzić te ostatnie chwile szczęśliwy. Przynajmniej na tyle, na ile było to możliwe, gdy otaczali go zombie.

Jednak rzeczywiście był szczęśliwy, co wydawało się niewyobrażalne, zwłaszcza jeśli wziąć pod uwagę, że ponad pół życia spędził w nieszczęściu. Konkretniej ostatnich osiemnaście z trzydziestu przeżytych lat, dopóki nie został ocalony. Teraz zaś, gdy patrzył, jak ludzie, którzy go wcześniej uratowali, najeżdżają na krawężnik i wypadają z parkingu, czuł szczęście płynące ze świadomości, że to on ich ochronił.

W chwili, gdy John kazał im schować się za śmietnikami i pozostać poza zasięgiem wzroku eliksów obecnych w alejce, Peter nie miał już wątpliwości: albo nie zdoła uciec żadne z nich, albo wymkną się wszyscy poza jednym. Betka siedziała z pobladłą twarzą pomiędzy Penny i Aną, w panice rozglądając się niebieskimi oczyma. Spoglądała na niego tak, jakby wiedział, co zrobić.Tak, jak małe dziewczynki patrzą na tatusiów, wierząc, że ci ich nie zawiodą.

I choć podejrzewał, że już wcześniej to wiedział, w tym momencie uświadomił sobie, że był dla Betki niczym ojciec. Trzymał ja za rękę podczas koszmarów, które dręczyły ją w nocy. Tulił ją, droczył się z nią, nadawał imiona wszystkim jej piegom. I kochał ją tak bardzo, że perspektywa jej utraty zdawała mu się niczym wpadnięcie w czarną dziurę. Czy nie tak działały właśnie czarne dziury – zasysały całe światło z otaczającej je przestrzeni? Tak właśnie zassane zostałoby jego światło, gdyby Betka odeszła. Wiedział, że Cassie to rozumiała: jeśli on był tatą Betki, wówczas ona była jej mamą. Nie musiał się martwić, dopóki tylko dziewczynka pozostawała przy przybranej matce.

Ułatwiło mu to podjęcie decyzji. Może kiedyś, jeszcze kilka miesięcy wcześniej, ważyłby swoje życie w porównaniu z innymi. Rozważałby plusy i minusy. Starałby się coś wynegocjować. Był dobry w negocjacjach. Zajmował się nimi od lat, dowiedział się o nich wszystkiego w Harvard Business School. Jednak tutaj nie było czego negocjować. Paradoksalnie stanowiło to miłą odmianę. Petera ogarnęła tak silna determinacja, tak wyraźna pewność, że wybór okazał się bezbolesny.

Nie żałował go nawet wtedy, gdy poharatane, gnijące dłonie wymachiwały na oślep w pobliżu jego stóp. Wywołany przez eliksów harmider przyciągnął kolejnych. Gdy rodzina Petera uciekła zza drugiej strony ogrodzenia, stwory zaczęły napierać na siatkę właśnie stamtąd.

Może i ułatwiło to decyzję, nie zmieniało jednak faktu,

że Peter był przerażony. Naprawdę kurewsko przerażony. Rękojeść maczety była śliska od potu. Zastanawiał się, czy włożyć z powrotem rękawice, ale jaki to miało sens? Podszedł bliżej i wbił ostrze w środek jakiejś twarzy. Kolejny przeciwnik padł. Było ich jednak tak wielu. I nieważne, ilu zlikwidował, wciąż nadciągali kolejni. Nie był w stanie zwyciężyć. Liczyło się tylko to, jak długo będzie gotów żyć.

Nie zamierzał pozwolić im się pokonać bez walki. Wiedział już, że gdy nadejdzie ta chwila, kiedy będzie już zbyt zmęczony, by ustać, gdy zanadto się zbliżą lub gdy jakiś wysoki zombie powstały z koszykarza zdoła sięgnąć nad śmietnikiem i chwycić go za kostkę, wówczas skończy ze sobą, strzelając sobie w usta. Gdyby w jego głowie zostało choć trochę mózgu, mógłby stać się tacy jak oni, a do tego nie zamierzał dopuścić.

Śmietniki dawały mu przestrzeń o wymiarach około metr osiemdziesiąt na dwa metry dziesięć. Z tyłu znajdowała się ceglana ściana budynku, a po bokach... cóż, wszędzie byli zombie. Spuścił maczetę na kark, a później na ucho. Dzięki całemu temu kopaniu rowów i rąbaniu drewna ręce wydawały mu się teraz niestrudzone, mógłby tak działać godzinami. I będzie. Zamierzał walczyć, dopóki nie zostanie mu tylko tyle siły, by zdołać pociągnąć spusti wystrzelić ostatnią kulę, tę przeznaczoną dla niego. Roześmiał się, choć nie było w tym nic zabawnego. Może tracił już zmysły.

– Chyba nie mogę się winić – powiedział do posykującej zgrai. – Nie mogę, prawda, wy głupie skurwysyny?

Przeklinanie było dobre. Przeklinanie budziło złość. Złość dodawała siły. Wychylił się do przodu i znowu się zamachnął, trzymając maczetę. W uliczce odbijały się echem jęki i roznosił się smród rozkładających się ciał.

W sumie to jeśli dalej będzie ich zabijał, wówczas spiętrzą się i utworzą wygodną pochylnię, po której ci z tyłu będą mogli się wspiąć, by go dosięgnąć. Jednakże jedynym innym wyjściem było patrzeć na nich, dopóki nie będzie mógł już tego dłużej znieść, a potem rozwalić sobie głowę. Każdy eliks, którego zabił, oznaczał jednego potwora mniej na świecie, jedno zagrożenie mniej dla Betki, więc odrzucił ten pomysł.

Na drugim końcu śmietnika widział staruszkę. Jej zmarszczki wyglądały niczym głębokie rozpadliny w skórze, a wystająca spod nich tkanka, która powinna mieć różowy kolor, była szaroczarna. Kobieta skojarzyła mu się z jego babcią, która byłą niezłą suką. Po śmierci mamy, taty i Jane wychowała go tak, jak wcześniej tatę. A jeśli jakąś wskazówkę stanowił fakt, że tata ograniczył rodzinne wizyty do jednej w roku, to raczej trudno było ją uznać za kandydatkę do nagrody dla matki roku.

– Odeszli, Peter – mawiała. – Nie ma sensu o tym rozmawiać.

Zatem nauczył się trzymać gębę na kłódkę. Jednak pewnego dnia próbował wspomnieć, że wiedział, iż Jane nie zginęła od razu po wypadku, że została uwięziona w płonącym aucie. Że każdej nocy widział w koszmarach jej śmierć, widział, jak błagała go, by jej pomógł, by wyswobodził ją z pasów bezpieczeństwa. Jedno małe kliknięcie świadczące o ich odpięciu i stałaby się wolna. Nie było go w samochodzie, ponieważ nie chciał jechać, nie miał ochoty spędzić czasu ze swoją dziewięcioletnią siostrą w miejscu, w którym mogliby go zobaczyć jego dwunastoletni znajomi. Albo, co gorsza, dwunastoletnia koleżanka.

Chciał, by ktoś mu powiedział, że to nie jego wina.

– Podjąłeś decyzję, Peter – przerwała mu babcia. – Ponosimy konsekwencje naszych wyborów.

Wziął sobie wtedy te słowa do serca. Pragnął odkupienia, a zamiast niego dostał potwierdzenie.

Wystarczyły dwa kroki i staruszka została dobita. Co powiedziałabyś na tę decyzję, babciu? Czuł się świetnie. Jeden ruch maczetą zastępował lata terapii.

– Hej! Tutaj! – zawołał ktoś.

No dobra, teraz rzeczywiście tracił zmysły. Słyszał głosy na jawie. Prawdziwe głosy, nie jęki i syki.

– Na górze! Spójrz do góry!

I znowu. Wysoki głos, niosący się ponad niskimi dźwiękami wydobywanymi przez eliksów. Powinien podnieść wzrok, by się przekonać, że nie wariuje. Jeśli nic nie zobaczy, wówczas będzie mógł wrócić do zabijania jak największej liczby przeciwników, zanim wykorzysta tę ostatnią kulę. Przywarł do ściany, by być jak najdalej poza ich zasięgiem, i popatrzył w górę. Z okna na piętrze spoglądała na niego twarz. Trudno mu było dostrzec w tej pozycji jakiekolwiek szczegóły, ale wyglądała, jakby należała do nastolatki.

– Spuszczam drabinę! – zawołała. – Wytrzymaj!

Nie planował takiego obrotu spraw, ale nie zamierzał sprzeciwiać się, bo tak naprawdę jego plan był do dupy.

– Uważaj! – wrzasnęła, gdy pojawiła się ponownie.

Peter dostrzegł błysk krótkich blond włosów, gdy zaczepiała składaną drabinkę przeciwpożarową o parapet i zwalniała dolną część. Łańcuchy łączące metalowe szczeble zabrzęczały i zagrzechotały, rozwijając się. Dzięki śmietnikom Peter znajdował się dobre półtora metra ponad poziomem gruntu i drabinka uderzyła w nie z głuchym hukiem. Mężczyzna gapił się w osłupieniu. Nie mógł uwierzyć, że ktoś ratował go z opresji, podczas kiedy jeszcze przed chwilą sytuacja wydawała się beznadziejna.

Blondynka wychyliła się kolejny raz.

– Trzyma się! – krzyknęła.

Dłoń zaciskająca mu się na bucie wyrwała go ze stuporu. Przeciął ostrzem kości nadgarstka przeciwnika, po czym strącił amputowaną łapę z klingi. Zawiesił sobie maczetę na ramieniu i sięgnął po plecak ucieczkowy stojący pod ścianą. Drabinka się chwiała, gdy wspinał się do okna, a chór jęków osiągnął crescendo, zupełnie jakby eliksowie w ten sposób się skarżyli.

– Pocałujcie mnie w zupę – mruknął, gdy podjął ryzyko i spojrzał w dół.

Postawił but na parapecie i zaraz potem znalazł się w małym biurze. Przy drzwiach, za dwoma biurkami i kilkoma regałami na dokumenty, stała dziewczyna. Na oko szesnastoletnia. Miała blond włosy sięgające do brody, maleńki nos, szeroko rozstawione oczy i różane usta. Wyglądała jak mała wróżka. Uśmiechała się, ale pistolet w jej dłoni świadczył tym, że była śmiertelnie poważna.

– Pocałujcie mnie w zupę? – spytała, przekrzywiając głowę. – Tak mówisz do zombie?

Peter przyglądał się broni i zastanawiał się nad odpowiedzią. Może i nieznajoma była drobna, ale sprawiała wrażenie, jakby umiała się obchodzić z bronią palną.

– Mówię tak przy mojej… małej dziewczynce. Zamiast: „Pocałujcie mnie w dupę".

– Tej dziewczynce, która przeskoczyła przez płot? To twoja córka?

– Tak jakby.

– Pocałujcie mnie w zupę – powtórzyła. Z jej ust dobiegł cichy chichot. – Podoba mi się. Słuchaj, myślę, że dobry z ciebie gość, skoro w zasadzie zgłosiłeś się na ochotnika, by zginąć dla swoich przyjaciół. Mimo to chcę, żebyś odłożył broń.

Peter wyciągnął pistolet z kabury i powoli położył go na biurku. Następnie ściągnął maczetę i cofnął się o krok.

– Jestem Peter. Peter Spencer.

Nie wyglądała na szczególnie wystraszoną, ale uznał, że przedstawienie się może pomóc w przełamaniu lodów. A przynajmniej skłoni dziewczynę do tego, by mierzyła w inną stronę.

Skinęła głową.

– Natalie. Nat.

– Dzięki za opuszczenie drabiny, Nat. Nie wiedzieliśmy, że ktoś jest w budynku.

Uśmiechnął się, ona w odpowiedzi błysnęła drobniutkimi białymi zębami.

– No tak, nie mogłam po prostu pozwolić ci umrzeć, po tym jak zrobiłeś z siebie takiego męczennika. Nawet jeśli tata i wujek mnie za to zabiją.

– Są tu?

– Nie, pojechali po zapasy. Szykują teraz miejscówkę. Na razie jesteśmy tu, bo jest wysoko.

Nadal trzymała palec na spuście pistoletu, choć skierowała go w bok. Przyglądała mu się, krzywiąc usta.

– No dobra, Peter. Nie zamierzasz mnie zgwałcić czy coś, prawda?

– Nie! – Boże, co to za szalony świat, w którym dzieciak musi zadawać takie pytania. Znów otworzył usta, ale to było wszystko, na co było go stać.

– Tak sądziłam – odparła Natalie. Machnęła bronią i wzruszyła ramionami. – Ale wolałam się upewnić. Bierz swoje rzeczy. Idziemy na drugie piętro.

Wyprowadziła go na korytarz wyłożony brzydką brązową wykładziną. Z dołu, z części barowo-restauracyjnej, dochodziły odgłosy kroków. Wszyscy ci eliksowie wciąż znajdowali się w budynku. I zapewne zostaną tu na zawsze, ponieważ byli zbyt głupi, żeby znaleźć drogę powrotną przez wejście, które sami rozbili.

Natalie otworzyła drzwi prowadzące na wąską klatkę schodową i gestem wskazała mu, by szedł za nią. Peter pomyślał, że była zdecydowanie zbyt ufna, skoro odwracała się do niego plecami i wierzyła mu na słowo. Miał ochotę jej to powiedzieć, ale była to jedna z tych chwil, kiedy lepiej milczeć. Drewniane stopnie doprowadziły ich na środek otwartej przestrzeni rozciągającej się na całą długość budynku. W jednym rogu stały dwa łóżka, naprzeciwko nich zaś ustawiono trzecie. Jaskrawa kołdra i stosik książek dla nastolatków nie pozostawiały najmniejszych wątpliwości, do kogo należało samotne posłanie. Peter jednak na tyle dobrze pamiętał swoje szczeniące lata, że nie potrzebował żadnych wskazówek. Nie ma mowy, by ktoś w tym wieku chciał spać obok taty i wujka. Przynajmniej jeśli nie groziło mu niebezpieczeństwo.

Widział też sofę, stolik kawowy oraz stół i krzesła przy oknach wychodzących na ulicę. Na składanym stoliku i regale stały kuchenka turystyczna, pudełka, puszki z jedzeniem, kilka naczyń i baniaki z wodą.

Na skraju stołu leżało przenośne radio. Grzmiał z niego niski, zaniepokojony głos:

– Nat. Natalie! Wszystko w porządku? Odpowiedz mi, do cholery!

Nat podbiegła do urządzenia.

– Przepraszam, tatusiu. Byłam na pierwszym piętrze.

– Rich i ja widzimy stąd tę grupę. Co się dzieje? – W głosie nie było już tyle paniki, choć utrzymał się w nim niepokój.

Natalie usiadła na krześle i skrzyżowała nogi. Ruszała stopą, jakby rozmawiała przez telefon z przyjaciółką.

– Na dole byli ludzie, za którymi przyszli zombie.

– Dokąd poszli? Widziałaś?

Nat przeniosła wzrok na Petera.

– Wymknęli się od tyłu. Ale jeden z nich tu utknął. – Głos dziewczyny stał się piskliwy, zupełnie jakby była małym dzieckiem. – Tatusiu, obiecasz, że nie będziesz się gniewał, gdy coś ci powiem?

– Wyduś to z siebie, Nat.

– Tak jakby spuściłam drabinę i on jest tu ze mną.

– Jest na górze? Natalie, coś ty zrobiła, do diabła? – Brzmiał tak, jakby zamierzał wygłosić wykład, ale tylko westchnął. – Daj go tu. Już.

Nat z lekkim uśmiechem podała radio. Może i nie bała się swojego ojca, ale Peter zdawał sobie sprawę, że on za to powinien się go obawiać.

– Halo? – odezwał się.

– Jak się nazywasz?

– Peter. Peter Spencer.

– Peter, zamierzamy odciągnąć jak najwięcej z nich, żeby się do was dostać. I przysięgam na Boga, jeśli mojej córce stanie się jakakolwiek krzywda, zabiję cię. Rozumiesz?

Natalie wywróciła oczyma i wyszeptała:

– Powiedz po prostu: „Tak jest, proszę pana".

– Tak jest, proszę pana – rzekł posłusznie Peter. W ostatnich miesiącach jego życie wiele razy raptownie zmieniało kierunek, ale groźby przez radio ze strony ojca nastolatki, która uratowała mu skórę, chyba zasługiwały na palmę pierwszeństwa. – Nie skrzywdziłbym jej. Ocaliła mi życie.

– Oby. Oddaj jej radio.

– Hej, tatusiu – rzuciła. – To jaki jest plan?

Peter do tego momentu miał wrażenie, że dziewczyna podchodziła do całej sytuacji ze zdecydowanie nadmierną niefrasobliwością – zarówno do tego, że znalazła się sam na sam z nieznajomym, jak i do tego, że na dole kłębiły się setki eliksów. Teraz jednak się wyprostowała.

– Rich ich odciągnie i wróci, gdy zatoczy odpowiednio duży łuk. Ja będę tam za chwilę. Nie łaź nigdzie.

– Okej.

Peter podszedł za nią do okna i przyglądał się pojazdowi sunącemu ulicą. Był to duży pikap z amerykańską flagą naklejoną na tylną szybę i chromowanymi felgami. Zatrzymał się tuż za barem. Właśnie wtedy otworzyły się okna i zabrzmiała muzyka. Nie taka, jakiej Peter oczekiwałby po tego typu aucie. Spodziewał się klasycznego rocka albo country-western, czegokolwiek z wyjątkiem muzyki klasycznej, która odbiła się echem od betonowych i ceglanych budynków.

Znał ten utwór. Babcia nie tylko kazała mu uczęszczać na lekcje tańca, ale również wymagała chodzenia do muzeów i filharmonii. Słyszał teraz „Requiem" Verdiego. Nie miał pojęcia, która orkiestra wykonywała utwór, ale wiedział, że muzycy dawali z siebie wszystko. Kotły dudniły, instrumenty strunowe zawodziły, a chór starał się jak mógł. „Wybaw mnie, Panie, od śmierci wieczystej"[1] – Peter pamiętał ten wers z końcowej części. Doskonale pasował do okoliczności.

Eliksowie wylali się z baru przyciągnięci hałasem. Gdy już niemal otoczyli pikapa, ten podjechał o pół przecznicy i się zatrzymał. Robił tak raz za razem, aż sznur zombie długi na całą ulicę nie skręcił za nim za róg i nie zniknął z pola widzenia.

– Mój wujek Rich nazywa się flecistą z Bennington – poinformowała Nat.

Kolejny samochód zaparkował na chodniku. Peter dostrzegł potężną sylwetkę, zanim schowała się we wnętrzu budynku. Na schodach zagrzmiały kroki. Szybko wyciągnął pistolet, położył go na stole i odsunął się od Natalie.

Mężczyzna wpadł do środka. Nat podeszła do niego i przytuliła go.

– Tatusiu, to jest Peter. Przepraszam, wiem, że mówiłeś, bym się nie mieszała, ale on by umarł, bo...

Przybysz podniósł dłoń, w której nie trzymał broni. Nie dało się dostrzec w nim nic, czym przypominałby swoją maleńką elfią córkę. Miał kanciastą twarz, rumiane policzki, krótkie brązowe włosy i brodę. Na jego obliczu wyróżniały się jedynie oczy o barwie lodowatego błękitu. Peter uznał, że zapewne wydawały się przyjazne, gdy tylko nie mierzył kogoś takim wzrokiem jak teraz.

– Daj mi posłuchać, co on sam ma do powiedzenia – oznajmił mężczyzna, unosząc podbródek.

Jego wymagania sprawiały wrażenie dość elastycznych. Co Peter powinien mu powiedzieć? Co było najważniejsze? Zapewne to, że nie zamierzał tu zostawać i zużywać ich cennych zapasów.

– Byliśmy w drodze do Bezpiecznej Strefy w Vermont. Do farmy „Przyjdź królestwo Twoje". Utknęliśmy w pułapce na dole i postanowiłem zostać, żeby moi przyjaciele mogli się wydostać. Zginąłbym, gdyby nie pańska córka. Chcę tylko ruszyć dalej w tamtym kierunku.

Mężczyzna zdjął flanelową kurtkę, odsłaniając nagą pierś i kolejny duży pistolet. Machnął bronią w stronę drzwi.

– Idź zatem. Cieszę się…

– Tatusiu! – krzyknęła Natalie. Tupnęła nogą. – Wiesz, że tamci wciąż są z tyłu budynku. Niektórzy łażą pewnie po ulicy. Peter ma małą dziewczynkę. Mogła uciec tylko dzięki niemu. Nie możesz go tak po prostu tam posłać!

Jej ojciec sapnął przez rozdęte nozdrza.

– To prawda? – spytał.

Peter skinął głową i wstrzymał oddech. Niekoniecznie chciał przebywać tam, gdzie był niemile widziany, ale bez pojazdu zginąłby na ulicy w parę minut. Mężczyzna opuścił broń i popatrzył na Nat.

– Zawsze powtarzasz, że potrafię trafnie oceniać ludzi – rzekła dziewczyna. Jej oczy powiększyły się i napełniły łzami. – Widziałam to wszystko. Poświęcił się dla nich. Zginąłby! Tatusiu, ty dla mnie też byś coś takiego zrobił.

Twarz jej ojca złagodniała. Urabiała go, tak samo jak Betka urabiała Petera, gdy chciała zjeść dodatkowy smakołyk albo usłyszeć kolejny rozdział książki. Nie kłamała, ale swoimi zagraniami w kilka minut potrafiła osiągnąć to, na co Peter potrzebowałby kilku dni. Musiałby przecież zdobyć zaufanie mężczyzny. Sam nie mógł się oprzeć Betce, gdy jej wargi drżały, a wielkie oczy wpatrywały się w niego. Co najśmieszniejsze, nawet mu wtedy nie przeszkadzało, że ktoś go robi w trąbę.

– Odbierz mu broń – polecił ojciec, a Nat pospiesznie zgarnęła ze stołu pistolet i maczetę. Gdy odwróciła się plecami do ojca, puściła Peterowi oko. Ta mała była świrnięta, jak powiedziałby Nelly.

– Jestem Chuck – oznajmił mężczyzna. Schował pistolet

do kabury i wyciągnął dłoń. Odciski były pokryte brudem i smarem. – Na razie zatrzymamy twoją broń. Po południu sprawdzę, czy masz szansę się stąd wydostać.

Peter uświadomił sobie, że jego dłoń wcale nie była czystsza. Chuck chyba dostrzegł na niej oznaki ciężkiej pracy i skinął głową w sposób może nie do końca przyjazny, ale na pewno wyrażający szacunek.

– Jestem wdzięczny, Chuck.

– W sumie to możesz się rozgościć. Niewiele jest do roboty, dopóki Rich nie wróci.

Peter rozebrał się do koszulki i usiadł przy stole. Natalie spoczęła naprzeciwko niego i zaczęła wachlować się czasopismem. Na górze było gorąco, a jemu chciało się sikać. Zlokalizowanie łazienki stawało się coraz bardziej priorytetowe.

– Chuck – odezwał się. Mężczyzna podniósł wzrok znad ładowanej broni. Peter był przekonany, że pistolety już wcześniej miały w sobie amunicję i cała szopka została odegrana specjalnie dla niego, na pokaz. – Muszę skorzystać z łazienki. Gdzie mogę…

– Ja mu pokażę – zaproponowała Nat. Zeskoczyła z krzesła i przywołała Petera gestem.

Chuck wskazał jej gestem, by usiadła z powrotem.

– Nie, ja to zrobię.

Zaprowadził Petera na pierwsze piętro i otworzył drzwi przy schodach. Mężczyzna zdał sobie sprawę, że znaleźli się w sąsiednim budynku. Było to mieszkanie niemal ogołocone z mebli, więc zapewne stąd wzięły się rzeczy znajdujące się na górze. Otworzył drzwi wskazane przez Chucka i znalazł za nimi prawdziwą łazienkę.

– Wygląda w porządku, ale lepiej się przyjrzyj – polecił Chuck. Peter podszedł do toalety i otworzył klapę. Stwierdził, że wywiercili dużą dziurę w dnie sedesu i ustawili go nad otworem w podłodze. Cała zawartość leciała w mrok parteru. Oczywiście nie pachniało zbyt ładnie, ale i tak rozwiązanie było całkiem pomysłowe.

– Otworzyliśmy tam okna, żeby nie gromadziły się gazy. Nie chciałbym, żeby nas wysadziło w powietrze – oznajmił Chuck. – No dobra, będę na zewnątrz.

Gdy Peter wyszedł, Chuck stał przy oknie.

– Przykro mi z powodu twojej małej. Ale cieszę się, że się wydostała – powiedział, nie obracając się.

Peter odchrząknął.

– Tak naprawdę nie jest moją córką. Bardzo bym chciał, żeby tak było. – Nie miał pojęcia, dlaczego poczuł potrzebę, żeby to wyjaśnić, w końcu Chuck nie wymagał od niego aktu urodzenia Betki.

Mężczyzna odwrócił się i uśmiechnął. Peter miał słuszne przeczucie – jego oczy rzeczywiście były przyjazne, gdy nie rozmyślał o czyjejś śmierci.

– Czy ostatecznie to ma jakieś znaczenie? – spytał. – Gdy już podbiją twoje serce, jesteś ich. Chodź, wracajmy na górę.

* * *

Zanim wujek Rich zaparkował swojego pikapa na zewnątrz, Natalie wypytywała Petera już od dwóch godzin. Chuck słuchał, od czasu do czasu zadając pytanie i kiwając głową, kiedy Peter opisywał chatę Cassie i to, co się działo w ciągu ostatnich kilku miesięcy.

Drzwi się otworzyły i stanęła w nich młodsza wersja Chucka,

21

tyle że z blond włosami, a nie z brązowymi. Spojrzał na Petera, a następnie na brata.

– W porządku? – zapytał.

Chuck przytaknął, a wtedy nowo przybyły podszedł z wyciągniętą dłonią.

– Rich – powiedział jedynie.

– Peter – odparł mężczyzna.

Rich usiadł na kanapie i napił się wody z butelki, po czym wytarł sobie usta wierzchem dłoni.

– Obiad? – zasugerował.

Peter odnosił wrażenie, że w kwestii sztuki konwersacji Rich preferował dość minimalistyczne podejście. Zerknął na zegarek. Nie nadeszła jeszcze pora kolacji. Dzień wydawał się ciągnąć w nieskończoność – było dopiero około południa.

– Obiad oznacza lunch – poinformowała go Nat. – Żyjemy tu w tysiąc osiemset sześćdziesiątym. Później pojedziemy też na przejażdżkę bezkonnym powozem.

Chuck pokręcił głową, ale w jego oczach pojawił się błysk.

– Co za mądrala – skomentował.

Peter pomyślał o Nelu i się uśmiechnął.

– W każdej grupie potrzebny jest ktoś, kto umie rozładować napięcie – stwierdził.

– Jest zupełnie jak jej mama.

Natalie dalej się uśmiechała, ale ścisnęła palce dłoni trzymanych na kolanach. Chuck odwrócił spojrzenie i popatrzył na regał.

– No dobra, to może zupa?

– Właśnie na coś takiego mam ochotę w gorące letnie popołudnie – oznajmiła dziewczyna.

– Nie mówiłem, że ją podgrzeję.

– Fuj.

Peter podszedł do półek i rozejrzał się po nich. Pośród pudełek i puszek zauważył pomidory, żałośnie wyglądający ogórek i cukinię.

– Macie ogród w tym miejscu, które sobie szykujecie?

Chuck przytaknął.

– Mały. Nie wystarczy, żeby nas wyżywić, ale wcześniej przenosiliśmy się z domu do domu. Mamy dość zapasów na zimę.

– Dlaczego nie pojedziecie do którejś Bezpiecznej Strefy?

Z kanapy dobiegło stęknięcie.

– Sam tak mówię – powiedział Rich.

Chuck zerknął na Nat.

– Na razie to nie jest dobry pomysł – rzekł. – Może wiosną.

Peter nie dopytywał. Podniósł kilka opakowań zupek chińskich, sos sojowy i olej sezamowy, które zauważył wśród przypraw.

– Chętnie zrobię obiad, jeśli chcecie.

– Skorzystam z propozycji – odparł Chuck. – Nie jesteśmy najlepszymi kucharzami. Nie to, żebyśmy mieli większe pole do popisu. Umiesz gotować?

Peter przytaknął. Natalie pomogła odpalić kuchenkę stojącą przy otwartym oknie. Babcia nigdy nie zabierała go na kemping, ale po ostatnich miesiącach wiedział, że stosowanie takiego palnika w zamkniętym, niewentylowanym pomieszczeniu mogłoby ich zabić.

Błyskawiczny makaron nie wymagał wiele czasu, więc wkrótce Peter ostudził go i wymieszał z posiekanymi warzywami, sosem sojowym oraz olejem. Przesadą byłoby domagać się jeszcze octu ryżowego. Rodzice Cassie mogli nieco przeginać z zapasami, ale w ich piwnicy znajdowało się wszystko, czego potrzebował. Po chwili upomniał się jednak, że wcale nie przesadzali. To dzięki nim wciąż żył.

Postawił miskę na stole.

– Smacznego.

Usiedli w trójkę i jeśli można było oceniać po milczeniu i odgłosach przeżuwania, smakowało im. Tego lata kilkakrotnie robił sałatkę na zimno z chińskim makaronem. Jego warty przy kuchni w chacie wypadały z czasem coraz częściej, ale nie miał nic przeciwko temu. Widok osób wsuwających to, co przygotował, i kłócących się o dokładki dawał mu większą satysfakcję niż samo jedzenie.

Zawsze lubił gotować. Jednym z jego najwcześniejszych wspomnień było to, że stał na krześle w kuchni rodziców w Westchester, a mama podawała mu miarkę pełną mąki, by wsypał ją do miski. Jako dorosły częściej jadał na mieście, ale wciąż od czasu do czasu przyrządzał coś sam, głównie dla dziewczyn, z którymi się umawiał. Cassie nie była wyjątkiem. Może poza tym, że w przeciwieństwie do wielu innych zjadała każdy kęs i wzdychała z zadowoleniem.

Wyciągnął z plecaka jeden z pakietów MRE, usiadł na kanapie i postawił go na stoliku kawowym. Perspektywa zjedzenia sałatki makaronowej była znacznie smaczniejsza, ale nie zamierzał zużywać jedzenia swoich gospodarzy. Już i tak zajmował im miejsce.

Wyobraził sobie Betkę i pozostałych w pikapie, toczących się po nieasfaltowanych drogach. Jeśli nie natknęli się na żadne kłopoty, mogli już nawet znaleźć się na farmie. Tyle że nie trzeba już było szukać kłopotów. Wystarczyło złapać gumę lub źle skręcić i mogło się to skończyć tragicznie. Jego obecna sytuacja była oczywiście znacznie lepsza niż śmierć na śmietniku, ale oddałby wszystko, żeby znajdować się w tamtym pikapie. I to nie tylko dla własnego bezpieczeństwa – chciałby tam być, gdyby coś innego poszło nie tak.

Nie był już głodny, ale otworzył pakiet, by zobaczyć, co jest w środku. Co zjeść najpierw – duże opakowanie pomyj, mniejsze coś pozbawione smaku czy serową pastę z jalapeño na krakersach? Trudny wybór. Deser nie wyglądał źle. Trudno było pokpić sprawę ze słodkościami.

– To jest absolutnie pyszne! – zawołała Natalie. Zobaczyła, co robił, i zmrużyła brwi. – Nie zjesz z nami?

Peter popatrzył na swoje jedzenie.

– Nie, dziękuję.

– Nie możesz gotować i nie jeść – sprzeciwił się Chuck opryskliwie, lecz przyjaźnie. – Daj spokój, Pete. Stawiasz mnie w złym świetle.

Dawniej nie cierpiał, gdy nazywano go „Pete", ale teraz mu to nie przeszkadzało. Oznaczało to, że ktoś lubił go na tyle, by nadać mu przezwisko, zupełnie jak wtedy, gdy Cassie czasami mówiła do niego „Petey". Podszedł do stołu i przyciągnął sobie czwarte krzesło, zastanawiając się, dlaczego je mieli. Być może przynieśli cały komplet z mieszkania na dole? Może należało do matki Natalie? Nałożył sobie trochę makaronu. Nie był tak smaczny jak z octem ryżowym, ale wciąż znośny.

– Po kolacji sprawdzimy teren i wyślemy cię w drogę – rzekł Chuck. – Gdzie jest ta twoja Bezpieczna Strefa?

– W Królestwie Północno-Wschodnim w Vermont. Gdzieś na północ od Lowell.

– Chyba potrzebujesz pojazdu. Mamy kilka przy chacie, wszystkie zatankowane i sprawne. Możemy tam podjechać i zobaczyć, bez czego się obejdziemy. W tych czasach w autach da się przebierać. Nie potrzebujemy dużo czasu, by zdobyć następne.

– Byłbym bardzo wdzięczny. – Peter czuł się niemal upojony tą myślą. Gdyby wyruszył jeszcze tego popołudnia, nie miałby dużego opóźnienia w stosunku do reszty.

– Też mogę pojechać? – zapytała Nat. Chuck pokręcił głową. – O Boże, tato! Proszę! Zdycham z nudy. I jest tak gorąco! Muszę się umyć!

Rzuciła widelec na stół, skrzyżowała ręce i zmierzyła ojca wzrokiem. On również założył potężne ramiona i odpowiedział jej spokojnym spojrzeniem. Kojarzył się Peterowi z Johnem, najbardziej nieustępliwym człowiekiem, jakiego znał.

– Jak brzmi pierwsza zasada? – zapytał Chuck.

– Bezpieczeństwo – odpowiedziała cicho Nat, wciąż jednak spoglądała gniewnie.

– I właśnie tutaj jesteś najbezpieczniejsza.

– Sam mówiłeś, tatusiu, że się przeprowadzamy. Tam jest bezpieczniej, wiesz to po dzisiejszej akcji! Gdybyście nie wrócili, zostałabym tu bez wody pitnej i bez samochodu. Co by się wtedy ze mną stało?

Rich mruknął pod nosem coś, co brzmiało jak „ona ma trochę racji”.

– Niech ci będzie – oznajmił Chuck po chwili. – I tak przyda nam się trochę pomocy w chacie. Ale masz pracować, a nie zbijać bąki.

Natalie spojrzała na Petera.

– Tato, jesteś odrażający. Mamy gościa!

Rozdział 2

Droga do chaty była wyboista niczym tara do prania. Petera jeszcze bardziej rozbolała przez to szyja, i tak już obolała po bezsennej nocy i długim wymachiwaniu maczetą. Po kilku kilometrach, gdy nie mijali niczego poza drzewami, w końcu spytał:

– To był kiedyś wasz domek myśliwski czy coś w tym stylu?

– Nie – odrzekł Chuck. – Przywieźliśmy ją kawałek po kawałku z innych miejsc. Rich i ja sami ją poskładaliśmy.

Droga kończyła się polaną sąsiadującą z dużym jeziorem. Rosła tam wysoka trawa, ale z biegiem czasu buciory Richa i Chucka wydeptały ścieżkę do miejsca, gdzie na brzegu cumowały dwie łodzie wiosłowe i kajak. Nie było jednak widać żadnej chaty.

Natalie przycisnęła nos do szyby, po czym uśmiechnęła się przez ramię.

– Jest na wyspie – wyjaśniła.

Peter podążył za ruchem jej palca do zadrzewionej wysepki leżącej niecałe czterysta metrów od wybrzeża. Nie dostrzegał żadnych widocznych oznak zamieszkania, choć przypuszczał, że właśnie o to chodziło. Pomógł załadować do łodzi plastikowe wiadra pełne żywności i przyborów toaletowych, a także wypatrywał, czy nic nie wychodzi z lasu. Zdał sobie sprawę, że nie dostrzega nigdzie dodatkowych pojazdów, które obiecał mu Chuck, musnął więc palcami rękojeść pistoletu w kaburze. Rich i Chuck podczas pracy rozmawiali ze sobą przyciszonymi głosami. Wydawali się mili, ale nie miał pewności, czy rzeczywiście zamierzali mu pomóc.

Chuck popatrzył na Petera, jakby potrafił czytać mu w myślach, i wskazał podbródkiem na drugą stronę jeziora.

– Są też inne drogi od północy i od wschodu. Mamy tam wozy, na wypadek gdyby tędy nie udało się dojechać.

Peter opuścił dłoń i próbował nie pokazać po sobie tego, że odczuł ulgę. Potrafił całkiem nieźle oceniać ludzi. Wprawdzie nie powstrzymywało go to od trzymania się przez większość życia z płytkimi dupkami, ale przynajmniej dostrzegał, kim byli. I dobrze wiedział, że on sam zaliczał się kiedyś do ich grona. Stało się to dla niego boleśnie oczywiste, gdy zaczął spotykać się z Cassie, która nie miała problemów z mówieniem o ich niemiłym zachowaniu.

Gdy po raz pierwszy spotkał ją w barze na mieście, obserwował ją przez pół nocy. Jej falujące czerwonobrązowe włosy były rozpuszczone. Gdy mówiła, ciągle zakładała je za ucho. Przyszła do knajpy z Penny i Nellym, by świętować urodziny kolegi z pracy. On był stałym bywalcem tego typu lokali, lecz ona chodziła w podobne miejsca sporadycznie. Przypomniał sobie, jak spostrzegł, że drinki za dwanaście dolarów z zawijasami z dziwnych owoców ewidentnie nie przypadły jej do gustu. Piła to, co z całego menu najbardziej przypominało zwykłe piwo.

Większość dziewczyn ubrała się w designerskie ciuchy

i szpilki. Cassie miała na sobie dżinsy za trzydzieści dolarów, znoszone wysokie czarne buty i czarną koszulkę bez rękawów. Nie wydawała się nijaka – ciemny top ukazywał całkiem niezły dekolt, dostrzegał też makijaż i kolczyki. Była inna niż pozostałe. Gdy mówiła, dotykała barku lub ręki rozmówcy i słuchała go z uwagą. Kiedy się śmiała, odrzucała głowę w tył. Nie wydawała się przejmować, co stali klienci baru o niej sądzą. Peter jej tego zazdrościł.

Obserwował, jak kilku facetów śledzi ją wzrokiem, gdy szła do łazienki. Najwyraźniej nie tylko on był nią zainteresowany. Właściwie to jednego zdążyła już spławić nieśmiałym uśmiechem i odmownym ruchem głowy.

Kiedy podeszła do baru po nową kolejkę, uczynił to samo i oparł się o kontuar kawałek dalej, żeby nie wyjść na natręta. Zerknęła na niego, a później patrzyła już przed siebie, dopóki barman nie przyjął jej zamówienia. Peter gestem zasygnalizował barmanowi, by dopisał drinki do jego rachunku. Gdy naczynia stanęły już na barze, wyciągnęła gotówkę palcami z poodpryskiwanym niebieskim lakierem, lecz barman odmówił i wskazał Petera.

Przez sekundę wyglądała na zirytowaną, lecz zaraz potem uśmiechnęła się i obróciła do niego.

– Dziękuję, to bardzo miłe, ale naprawdę nie chciałabym, żebyś płacił za te wszystkie drinki.

– Nalegam – powiedział. Wysunęła pieniądze w jego stronę, on jednak skrzyżował ręce i pokręcił głową, uśmiechając się.

– Proszę, weź gotówkę.

– Nie mogę kupić dziewczynie drinka? – zapytał.

– W sumie możesz, ale facet nie powinien stawiać dziewczynie aż sześciu. – Uniosła brwi, widząc jego wzruszenie ramion. – Nie zamierzasz przyjąć ode mnie pieniędzy?

– Nie.

– Zatem dziękuję. To bardzo uprzejme z twojej strony.

Wsunęła gotówkę do kieszeni i się uśmiechnęła, ale widział, że czuła się niezręcznie. Może pomyślała, że próbował się popisywać? Owszem, byłby do tego zdolny, ale nie robił tego. Trudniej byłoby kupić tego jednego drinka, który był dla niej, niż całą kolejkę. Owszem, mógł najpierw spytać, ale wtedy ona miałaby okazję odmówić.

Peter przesunął się bliżej, by go lepiej słyszała. Pachniała różami oraz czymś świeżym, roślinnym.

– Jestem Peter.

– Cassie. Cześć. – Uśmiechnęła się i stuknęła palcami w bok butelki z piwem, jakby nie wiedziała, co teraz powiedzieć.

– Miło cię poznać, Cassie.

Ktoś z jej stolika musiał wezwać ją gestem, bo podniosła palec, sygnalizując, by zaczekali, po czym znów na niego spojrzała.

– Ciebie również.

Spytała go o pracę i dostrzegł, że uciekła wzrokiem, gdy przeszedł do powiązań jego firmy z lobbystami oraz kongresmenami. Zachowywała się bardzo grzecznie i śmiała się, gdy powiedział coś zabawnego, ale widział, że nie robi na niej wrażenia. W zwyczajnych okolicznościach nie przeszkadzałoby mu to, bo większość dziewczyn na niego leciała, zwłaszcza w takich miejscach, niemniej czasami spotykał się z odmową. Mógł się tego spodziewać. Nie chciał jednak stracić Cassie, która wymykała mu się na jego oczach.

Opowiedziała mu, że wychowała się na Brooklynie, a wtedy on spytał, czy jej rodzice wciąż tam mieszkają. Cassie zamarła na sekundę, po czym oznajmiła, że zginęli dwa lata wcześniej w wypadku samochodowym. Próbowała sprawiać wrażenie, jakby nie było to nic takiego, ale dostrzegł ból w jej oczach. Zauważył też, z jakim trudem przełykała ślinę. Wiedział, że przygotowywała się na nieuchronną niezręczną chwilę i na przeprosiny, które nieodmiennie po niej następowały.

– Moja rodzina również zginęła w wypadku, kiedy miałem dwanaście lat – rzekł. – Rodzice i młodsza siostra. – Niemal powstrzymał się przed wypowiedzeniem słów, które przyszły mu do głowy jako następne, ale chciał uświadomić jej, że ją rozumie. – To jak żyć w domu, z którego wiatr zerwał dach, prawda?

Wtedy na niego popatrzyła, naprawdę popatrzyła, i skinęła głową. Następnie zerknęła w kierunku stolika, przy którym siedzieli jej znajomi. Poczuł jej ciepły oddech, gdy nachyliła się do jego ucha.

– Zaraz po mnie przyjdą, jeśli nie dam im drinków. Wrócę za moment, dobrze?

Przytaknął. Zaniosła im napoje i usiadła obok Penny. Przez moment sądził, że nie wróci, ale zostawiła swoje piwo na barze. Szepnęła przyjaciółce coś do ucha i wstała.

Po śmierci rodziców czuł się taki odsłonięty. Nawet wtedy, gdy miał nad głową sufit przedwojennego mieszkania babci. Świat stał się nagle morderczy i wściekły, stał się miejscem, w którym trzeba było łapać co się da i szukać schronienia. Nie potrafił uwierzyć, że wypowiedział tamte słowa, zwłaszcza że skierował je do nieznajomej. To jednak właśnie dzięki nim teraz do niego wracała. Żaden darmowy drink i żaden senator na świecienie zrobiliby na niej wrażenia. Ta dziewczyna była autentyczna, a on pragnął czegoś prawdziwego. Jednak wiązało się to z niebezpieczeństwem. To, co realne, mogło naprawdę skrzywdzić.

Przysunęła bliżej stołek barowy i uśmiechnęła się tak, jak wcześniej do znajomych. Ten uśmiech rozświetlał jej twarz i sprawiał, że w kącikach orzechowych oczu o ciemnych rzęsach pojawiały się delikatne zmarszczki. Po raz pierwszy od lat wspomniał komuś o wypadku. Zwykle jeśli ktoś już zapytał, odpowiadał po prostu, że rodzice nie żyją. I nigdy nie wspominał o siostrze. O Jane. Nie tylko chciało mu się wtedy płakać, lecz także wyzwalał się w nim irracjonalny strach, że ktoś dostrzeże jego wyrzuty sumienia i zacznie wypytywać o więcej szczegółów. Cassie jednak aż za dobrze wiedziała, jaki był ciężar rozmów na ten temat. Widział to w jej twarzy.

Zaczęli rozmawiać o rzeczach zarówno poważnych, jak i trywialnych. Opowiedziała mu o swojej pracy i o tym, jak uwielbiała wprowadzać dzieciaki z okolicy w temat sztuki. O tym, jak przestała malować dla siebie samej. Zadawała mu kolejne pytania dotyczące jego pracy, a później przekrzywiła głowę i popatrzyła na niego. Jej twarz była czerwona od czwartego piwa.

– Lubisz to, co robisz? Bo nie brzmisz, jakbyś lubił.

– Nie. Nienawidzę – odparł nieco ostrzej, niż zamierzał. Odpowiedział zgodnie z prawdą, ale nikomu dotąd nie przyznał się do tego na głos.

Cassie stuknęła go palcem w pierś.

– Nienawidzisz tego? To dlaczego odbębniasz milion godzin tygodniowo? Życie jest zbyt krótkie na takie gówno. Powinieneś robić to, co kochasz. Albo lubisz. A przynajmniej tolerujesz.

Wzruszył ramionami i zaczął się zastanawiać, dlaczego właściwie to robi. Roześmiała się przepraszająco i machnęła dłonią.

– Sama powinnam skorzystać ze swojej rady. Nie słuchaj mnie.

Po kilku godzinach rozmowy podszedł do nich dobrze

ubrany, solidnie zbudowany facet z włosami w kolorze ciemnego blondu. Zaborczym gestem położył dłoń na ramieniu Cassie i zmierzył Petera wzrokiem od góry do dołu, przyglądając się zbyt drogim dżinsom i butom. Nie wyglądał, jakby był pod wrażeniem.

– Chodź, już wychodzimy. Niedługo zamykają bar.

– Nelly, to Peter – przedstawiła nowo przybyłego Cassie. – Peter, to Nel.

– Dzięki za drinka, stary. – Nel uścisnął mu dłoń i obrócił się do Cassie. – Weźmy taksówkę.

Dziewczyna wstała i dotknęła dłoni Petera.

– Miło się z tobą rozmawiało. Skorzystajmy oboje z mojej rady, dobrze?

Peter nie chciał jej puścić. Wiedział, że dopóki ten nadopiekuńczy przyjaciel majaczy w tle, Cassie nie da mu swojego numeru. Nie miał zaś wątpliwości, że gdyby to on dał jej wizytówkę, nigdy by do niego nie zadzwoniła.

– Wrócisz samochodem. Mamy służbowe auto. Zostaniesz na jeszcze jednego drinka?

Przygryzła wargę i popatrzyła na Nela. Wzruszył ramionami, jakby chciał przekazać: „to twoje życie”. Peter ścisnął jej dłoń i uśmiechnął się najprzyjaźniej jak umiał.

– Potrzebuję więcej rad. Pomyśl tylko: będę już zawsze tkwił w pracy, której nienawidzę, i to z twojej winy.

Wybuchła śmiechem.

– Okej. Nie mogę być odpowiedzialna za to, że zniszczysz sobie życie.

– Napisz do mnie, gdy będziesz w domu – rzekł Nel, całując ją w policzek. Zanim wyszedł, rzucił Peterowi spojrzenie, jakie mógłby do niego skierować starszy brat albo ojciec. To właśnie sympatię tego gościa musiał zdobyć, jeśli chciał, by Cassie go polubiła. Miał wrażenie, że nie będzie to proste.

Zostali aż do zamknięcia baru. Zastanawiał się, czy nie zaprosić jej do siebie, ale wtedy zrównałby się w jej oczach z każdym facetem z baru, który kiedykolwiek chciał ją zaciągnąć do łóżka. Nie to by mu to przeszkadzało – z tego, co widział, te dżinsy za trzydzieści dolarów wyglądałyby znacznie lepiej na podłodze – ale nie zamierzał jej spłoszyć. Wyszli na chłodne poranne powietrze i rozmawiali, czekając na samochód. Cassie zapaliła papierosa i wyjaśniła, że zeszła do jednego dziennie.

– Ale wiesz, po drinku czy po całym zestawie drinków... – Wypuściła dym, kierując głowę do góry, i westchnęła z przyjemnością.

Peter uśmiechnął się, choć nie cierpiał papierosów. Nie obchodziło go, co robiła ta dziewczyna, jeśli tylko robiła to blisko niego. Była normalna, a jednocześnie dziwaczna i zabawna. Do tego piękna w taki sposób, który docenia się z czasem i na długo, a nie natychmiastowo i na chwilę. Uświadomił sobie, że nieco przypominała jego mamę, tyle że chciał pocałować ją w sposób, w jaki syn nie całuje matki. Nie przeszkadzał mu nawet papieros, którym zaciągała się tak, jakby stanowił dla niej źródło tlenu.

Podjechał samochód. Zgasiła niedopałek i zaczęła się rozglądać za koszem na śmieci.

– Nie potrafię rzucić go na ziemię. To efekt wychowania przez ekologicznych rodziców.

Wyciągnął rękę.

– Ja się go pozbędę.

– Dzięki. – Położyła mu peta na dłoni i uśmiechnęła się nerwowo.

– No to dobranoc. Naprawdę miło się z tobą rozmawiało.

Za jej plecami warkotał silnik czarnego auta. Peter robił to już milion razy, ale po raz pierwszy od lat nastoletnich naprawdę się bał, że dostanie kosza. Odchrząknął.

– To mógłbym do ciebie kiedyś zadzwonić? Przydałyby mi się kolejne sesje z doradcą personalnym.

Cassie chwyciła klamkę.

– Ja nie… tak naprawdę… – Spojrzała w niebo i wzruszyła ramionami. – Wiesz co? Pewnie. Postąpię zgodnie z własną radą.

Wpisała mu numer do telefonu i oddała urządzenie. Następnie, zanim w ogóle przyszło mu do głowy, żeby ją pocałować, wślizgnęła się na tylną kanapę.

– Dobranoc, Petey.

Już wcześniej próbował ją przekonywać, by nie mówiła do niego „Petey", ale najwyraźniej lubiła pseudonimy.

– Dobranoc, Cassandro.

Zaśmiała się, ponieważ poprzednio wspomniała, że nikt nigdy nie nazywał jej pełnym imieniem. Uśmiechając się jak idiota, obserwował odjeżdżający samochód. Już teraz lubił ją bardziej, niż uznałby za możliwe po kilku godzinach znajomości. Nie przejmował się nawet tym, że dłoń śmierdziała mu jak popielniczka.

∗ ∗ ∗

– Wszystko gotowe – oznajmił Chuck, wytrącając Petera z zadumy.

Peter otrząsnął się ze wspomnień. Choć sprawy z Cassie potoczyły się inaczej, niż na to liczył, wciąż była to dobra znajomość. Nigdy by nie pomyślał, że to, iż poznał ją tamtego wieczoru, uratuje mu życie, i to na więcej sposobów niż tylko jeden.

– Czy mam wziąć jedną z łodzi?

– Jeśli nie masz nic przeciwko wiosłowaniu. Staramy się nie odpalać silników, jeśli nie musimy. Używamy tylko elektrycznych, które są cichsze. Trzeba je jednak ładować.

– Żaden problem.

Chwycił wiosła i szybko wysforował się przed resztę w drodze na wyspę. Chuck i Nat wsiedli do kajaka, a Rich pełnymi, równymi pociągnięciami pchał drugą łódź. Chuck wskazał naturalną plażę na wyspie i Peter wbił się w piaszczysty obszar, gdzie mógł wysiąść, nie mocząc sobie butów.

– Zwykle wciągamy łodzie w krzaki – poinformował Chuck – ale teraz rozładujemy je i zawieziemy cię do auta.

Peter szedł za nimi między drzewami z przydzielonym mu ładunkiem i się rozglądał. Wyspa mierzyła może z cztery tysiące metrów kwadratowych powierzchni. Nie był dobry w takich wyliczeniach, ale i tak przez ostatnie miesiące się poprawił. Mógł teraz rozmawiać o elektryce z Jamesem, o broni z Johnem i o strzelaniu do różnych rzeczy z Nelem bez sprawiania wrażenia zagubionego albo udawania kogoś, kim nie jest.

Ścieżka prowadziła do małej chaty skleconej z desek z różnych parafii i wyposażonej w solidne przeciwburzowe okna, idealne na chłody charakterystyczne dla stanu Vermont. Niewielki frontowy ganek przechodził w główny pokój o wymiarach mniej więcej siedem na siedem metrów. Znajdowało się w nim dwoje drzwi prowadzących, jak Peter przypuszczał, do dwóch sypialni. Kolejne wejście napotkał też przy kuchni. Może mieli tam łazienkę? Było przytulnie i jasno, nawet jeśli tynk został położony nierówno i nikt go nigdy nie pomalował. Chuck przyłapał go na rozglądaniu się i stuknął w ścianę w części kuchennej. Tę ostatnią wyposażono w zlew bez kranu, regały zastawione opakowaniami z żywnością oraz piec na drewno służący do ogrzewania i gotowania.

– Może nie jest to najładniejszy dom na świecie, ale uwierz mi, jest solidny. I ciepły, z grubą izolacją. To dlatego położyliśmy gips. Nat go pomaluje. Prawda, Nat?

Ale dziewczyna zniknęła już w drzwiach prowadzących do pomieszczenia będącego jej pokojem. Peter widział w środku materac, komodę, a także plakaty na ścianie i regał z ustawionymi książkami.

– Jak przewieźliście tutaj to wszystko? – spytał.

– Mamy większą łódź ukrytą po drugiej stronie wyspy. Zużywa mnóstwo paliwa, ale do poważnych zadań jest najlepsza.

Peter przytaknął i rozejrzał się po reszcie chaty. Dało się zauważyć, że zaprojektowali ją dwaj faceci, i choć czuł wstręt do osoby, którą kiedyś był, nie mógł powstrzymać ochoty, by zmienić tu wystrój, choćby trochę. Prosta brązowa kanapa nie była zła, ale prezentowałaby się lepiej pod ścianą przy oknach, nie na środku. Fotele z kolei powinny się znaleźć obok niej i stworzyć kącik do relaksu. Stół jadalny umieściłby tak, żeby otwierał pomieszczenie. Pomalowałby te okropne brązowe małe stoliki na jaśniejszy kolor. Przysłoniłby jakimiś zasłonami czarną płachtę, która wisiała na oknach, by na zewnątrz nie wydostawało się światło. Dorzuciłby kilka jaskrawych poduszek. Nie po to znosił nudne rozmowy babci z dekoratorami, by niczego się nie nauczyć.

– Miłe miejsce – skomentował.

– No tak, ujdzie – odrzekł Chuck, ale Peter widział, że był dumny. Tak samo jak Peter bywał dumny z siebie, gdy pomógł kopać rów albo naprawić ogrodzenie.

– Macie solary? – spytał.

– Nie – odparł Chuck. – Nie mam o nich pojęcia. Załatwiliśmy sobie fajną toaletę kompostującą i zdołaliśmy ją zainstalować, ale to tyle.

Peter skinął głową. Uznał, że powinni sobie poradzić, jeśli tylko zgromadzą wystarczająco dużo drewna i żywności. Koncepcja zamieszkania na wyspie była bardzo pomysłowa, ale nie zostawiała wiele miejsca na uprawy. Podszedł do okna kuchennego i wyjrzał na ogród. Wycięto część drzew, by zapewnić światło słoneczne, ale nigdy nie wyrośnie tam tyle roślin, by dało się wyżywić ich plonami.

Widział czerwone, dojrzałe pomidory, które przypomniały mu Anę. Uwielbiała pomidory. Teraz wydawało mu się niedorzeczne, że miał trzydzieści lat i jej nie pocałował, choć było oczywiste, że na to właśnie liczyła. Ana była piękna, zabawna i, tak szczerze mówiąc, nieco szalona. Lubił to w niej. Brak w niej było odcieni szarości, świat jawił jej się jako czarno-biały. Było świetnie, gdy znajdowała się po twojej stronie, lecz niezbyt fajnie, gdy stała po stronie przeciwnej. Mimo że czasem doprowadzała go do szału, on nieustannie doceniał jej determinację.

Peter przez niemal dwie dekady obawiał się, że nikt nie polubi jego prawdziwej wersji. Na pewno nie lubiła go jej babcia. Podobało mu się, że Ana się tym w ogóle nie przejmowała – albo się ją lubiło, albo nie, a ona nie traciła czasu na próby zachęcenia cię do zmiany zdania. Teraz zaś, gdy wyrosła już z etapu rozpieszczonej młodszej siostry, lubili ją wszyscy. Była silna, pewna siebie i podchodziła z zaciekłością do zabijania zombie. Z drugiej jednak strony dziewczyna złagodniała. Wydawało się oczywiste, jak bardzo kochała ich wszystkich, nawet gdy próbowała skrywać to za nonszalanckim uśmieszkiem i nieodłącznym tasakiem.

Wahał się, czy cokolwiek z nią zaczynać, ponieważ mógł sobie tylko wyobrażać, jak niezręcznie byłoby mieszkać z dwiema byłymi dziewczynami. Zeszłej nocy Cassie w końcu rozkazała mu, żeby był szczęśliwy i przestał marnować czas. Właśnie miał zamiar to zrobić, kiedy pojawili się eliksowie.

Może gdy następnym razem ujrzy Anę, ujmie jej twarz w dłonie i ją pocałuje, wreszcie przesunie palcami po tej jedwabistej brązowej skórze. Żałował, że nie trafił mu się chociaż ten wolny taniec, o który poprosił Anę wieczorem. Miał on zredukować napięcie, jakie wytworzyło się między nimi w ostatnich miesiącach. Westchnął. Mógł sobie życzyć, czego mu się tylko podobało, ale będzie się to mogło ziścić dopiero wtedy, gdy Peter zdoła dostać się na farmę „Przyjdź królestwo Twoje”.

– Macie ziemniaki? – spytał Peter, by zagłuszyć ciszę, która zapadła, gdy patrzył przez okno. Tego dnia mocno skłaniał się do introspekcji, ale chyba mógł się tego spodziewać po tym, jak otarł się o śmierć.

– Nie. Zaczęliśmy późno. Pierwszą część lata po prostu staraliśmy się przetrwać, rozumiesz?

– Tak. Powinniście ich poszukać w supermarketach albo w domach. Nie znam się za bardzo na ogrodnictwie, ale możecie przynajmniej zachować stare bulwy do wiosny na sadzonki. Warto posadzić ziemniaki na małej powierzchni, a potem dać im rosnąć w górę. Wystarczy dołożyć na wierzch trochę więcej ziemi albo siana.

– To dobry pomysł. Nie mamy wiele przestrzeni. W przyszłym roku założymy ogród na lądzie, jeśli wciąż tu będziemy.

Po kilku kolejnych wycieczkach na brzeg dokończyli rozładunek. Chuck podziękował mu, po czym powiedział:

– A teraz wyprawmy cię w drogę.

– Też idę – oznajmiła Nat i wyszła z ukrycia. Przebrała się

w kostium kąpielowy, na który narzuciła letnią sukienkę. – Mam ochotę popływać z kostką mydła.

– W porządku – rzekł Chuck. – Mam trochę zapasów do ciężarówek, więc wezmę łódź. Pete, możesz popłynąć kajakiem z Natalie, żeby nie kręciła się na wodzie w kółko?

Dziewczyna pokazała ojcu język i zachichotała. Wydawała się teraz zrelaksowana, podobnie jak pozostali. Peter słyszał Richa na podwórku, nucącego coś pod nosem i mówiącego do psa, którego Peter dostrzegł już wcześniej, gdy zbliżali się do chaty.

Dzięki drzewom upał wydawał się mniej uciążliwy. Być może woda też trochę pomagała. W Bennington panował upał, ale na wyspie wydawało się po prostu ciepło, z łagodnym wietrzykiem. Gdy ruszali w stronę łodzi, Peter włożył kurtkę do plecaka. Założy ją, ruszając w drogę powrotną, jednak teraz nie było sensu się w niej pocić.

Rich wyłonił się zza rogu budynku.

– Już jedziesz? – spytał.

– Tak – odparł Peter i wyciągnął dłoń. – Dzięki za pomoc. Nawet nie wiecie, jaki jestem wam wdzięczny.

Rich ścisnął mu dłoń, skinął głową i zniknął za domem.

– Wujek Rich jest człowiekiem niewielu słów – oznajmiła Natalie. Szła ścieżką w klapkach. – Nie widzisz, dlaczego zaczynam wariować? Nie mógłbyś zostać jeszcze kilka dni?

– Peter chce znaleźć się przy swojej małej – rzekł Chuck. Zdjął kamizelkę ratunkową z gałęzi przy łodziach i podał ją Nat. – Wkładaj.

– Nie miałam jej na sobie w tę stronę, tato. Potrafię pływać, odkąd skończyłam jakieś pięć lat.

– To dlatego, że wisiała tutaj. Gdyby była na brzegu, założyłabyś ją. Jak brzmi pierwsza zasada?

Nat nie odpowiedziała, więc Peter zrobił to za nią:

– Bezpieczeństwo. To dobra zasada.

– Zdrajca! – zawołała dziewczyna, ale roześmiała się i zapięła kamizelkę.

Pojazdy stały kawałek od miejsca, do którego dojechali wcześniej. Peter zaczął szybciej zanurzać wiosło w wodzie, gdy znaleźli się bliżej. Nat też wiosłowała, ale nie za bardzo potrzebował pomocy. Za mniej niż piętnaście minut znajdzie się za kierownicą i będzie jechał całą noc, aż dotrze na farmę.

Natalie wyskoczyła z kajaka, zanim dotarli do brzegu, i wpadła do wody sięgającej do kolan. Na lądzie rozciągała się porośnięta trawą polana, z której odchodziła kolejna zaniedbana droga prowadząca do lasu. Był to parking dla pikapa i terenówki mercedesa klasy G.

– Fajny wóz – powiedział Peter do Chucka, który obok niego dobijał łodzią do brzegu. – Był twój wcześniej?

Mężczyzna zachichotał.

– Tak, jasne, sto patoli to było dla mnie jak splunąć. Parkowałam go obok mojego rollsa. Znasz się na autach?

– Nie bardzo. Ale miałem Mercedesa S600.

– Ładnie – odparł Chuck i zagwizdał cicho. – Musiało ci się nieźle powodzić.

– Chyba tak – odparł Peter. Tylko że wcale nie żyło mu się wtedy nieźle. Nie lubił tego nowego świata, ale był prawdopodobnie jedyną osobą, która sądziła, że teraz ma lepiej niż kiedyś.

– To był duży dom pod Manchesterem. Jedyny sposób, bym kiedykolwiek zdobył…

Rozbrzmiał przenikliwy krzyk. Nat wyskoczyła z wody i rzuciła się za samochody, choć ojciec ostrzegał ją, by nie wychodziła bez jego zgody. Uderzyła dłońmi o maskę pikapa i zanim zsunęła się z wozu, Peter dostrzegł jej przerażoną twarz. Chuck był szybki, ale Peter szybszy. Wyskoczył na trawę z wyciągniętą maczetą.

Eliks trzymał dziewczynę za kamizelkę. Ciągnął ją metodycznie w tył, choć zapierała się bosymi stopami. Peter zdawał sobie sprawę, że ma tylko jedną szansę, by zlikwidować przeciwnika, którego zęby znajdowały się niebezpiecznie blisko szyi Natalie. W lesie dało się dostrzec więcej poruszających się postaci.

– Padnij! Szybko! – rozkazał Nat, która od razu zareagowała.

Zamachnął się maczetą na wysokości ust i rozciął głowę, której górna część poleciała między drzewa. Następnych kilku eliksów ruszyło na Natalie leżącą pod ciałem pierwszego, którego łapy wciąż były zaplątane w uprząż jej kamizelki. Peter wbił maczetę w oko wroga, przerzucił rękojeść do lewej dłoni i obrócił się, by do dwóch wrogów stojących z tyłu wystrzelić z przyłożenia. Lepiej było unikać użycia broni palnej, ponieważ ściągała ona wszystkich zombie z odległości kilku kilometrów. Czasem jednak nie dało się tego uniknąć. Dzięki Bogu za Anę i jej obłęd. Wszystkie te ćwiczenia teraz procentowały.

Chuck pozbył się ostatnich dwóch wrogów za pomocą pistoletu i teraz pochylał się nad Nat, wyplątując ją spod eliksa. Nie widział osobnika, który wyłonił się zza drugiego samochodu. Peter wymierzył idealnie tak, by zabić, jednak kula nie zatrzymała rozpędzonego przeciwnika, który przewrócił Chucka, tak że mężczyzna upadł Peterowi na nogę.

Poczuł rozdzierający ból, gdy Chuck wylądował na nim całym ciężarem. Nie pomogła osłona w postaci ciężkiego buta. Peter oparł się ręką o pikapa i czekał, aż minie początkowa fala bólu, podczas gdy Chuck podnosił Nat na nogi. Jej potylica była mokra od tkanki mózgowej, a elfia twarz poróżowiała z wysiłku wynikającego z prób odzyskania tchu. Chuck rozpiął jej kamizelkę i przyjrzał się każdemu centymetrowi jej skóry, po czym z niedowierzaniem podniósł wzrok na Petera.

– Jezu Chryste – powiedział. Był niemal tak rozpalony jak córka. – Już ją mieli. Jezu.

Chuck otworzył drzwiczki pikapa i posadził Natalie w środku. Zamknął samochód i obrócił się w stronę lasu, po czym osunął się naauto.

– Nie zdążyłbym na czas.

– Zdążyłbyś – rzekł Peter.

Nie był pewien, czy to prawda, ale Chuck powinien w to wierzyć. Mężczyzna patrzył przed siebie. Nie drżał, ale wyglądał, jakby na nowo przeżywał ten koszmar. Peter potrafił to rozpoznać. Również przeżył coś takiego.

– No nie wiem – odparł Chuck. Popatrzył Peterowi prosto w oczy, nie wstydząc się swoich łez. – Dziękuję ci za uratowanie mojego dziecka. Jeśli chcesz tego mercedesa, jest twój.

Peter zaśmiał się krótko, lecz skrzywił się, gdy przeniósł ciężar ciała na uderzoną nogę. Teraz, gdy puszczała go adrenalina, ból stawał się o wiele gorszy. But wydawał się o wiele za ciasny.

– Przywaliłem ci w kostkę, co? – spytał Chuck. – Pokaż tę ranę.

Peter usiadł na kamieniu, by rozwiązać but i zdjąć skarpetkę. Noga była już spuchnięta i przybrała barwę wściekłego różu.

– O Boże, przepraszam – rzekł mężczyzna.

Peter pokręcił głową. To była jego prawa stopa. Jeśli trzeba, podczas jazdy będzie posługiwał się lewą.

– W porządku. Szybko mi przejdzie.

Chuck podrapał się po brodzie i skrzywił.

– Nie jestem taki pewny. Wygląda kiepsko. Poczułeś albo usłyszałeś trzask?

– Nie. Po prostu wygięła się w złą stronę.

– To chyba dobrze. Rich mógłby nam powiedzieć więcej. Jest pielęgniarzem.

Czyli niemówiący, odtwarzający muzykę klasyczną, noszący flanelową koszulę Rich był pielęgniarzem. Peter uśmiechnął się pomimo bólu i wkradającego się wrażenia, że uszkodzona kostka wsadza właśnie wyjątkowo wielki kij w szprychy jego planów.

– Musi mieć wspaniałe podejście do pacjenta. Silny, ale cichy?

– Zdziwiłbyś się – roześmiał się Chuck, po czym popatrzył na niego ojcowskim wzrokiem. – Moim zdaniem powinieneś zostać, przynajmniej na jedną noc. Zresztą i tak lepiej jechać rano.

Peter poczuł ucisk w piersi. Właśnie teraz powinien się żegnać i ruszać w drogę. Przypomniał sobie jednak, że już dawno mógł zginąć na szczycie śmietnika, więc dodatkowa noc była znacznie mniejszym złem. Odepchnął się od kamienia i ostrożnie oparł palce prawej stopy na ziemi.

– No chyba tak – przyznał.

Rozdział 3

Peter leżał ze stopą opartą o poręcz kanapy, podczas gdy Rich badał kontuzjowaną kończynę. Wprawdzie miał delikatne dłonie, ale poszkodowany i tak zaciskał zęby. Bolało niemal tak jak wtedy, gdy w wieku dziewięciu lat złamał nogę.

– Nie masz wrażenia, że coś chrupie, gdy nią ruszam? – spytał pielęgniarz.

– Nie.

– Cóż, nie mogę powiedzieć z całą pewnością, ale chyba doszło do dość paskudnego skręcenia. Powinieneś leżeć przez tydzień, a potem ograniczyć się do minimalnego ruchu, w zależności od postępów. Przyniosę ci zimną wodę z jeziora, żebyś mógł wymoczyć stopę, a później ją zabandażuję.

– Chciałem jechać rano.

Podczas badania Rich zachowywał się w sposób profesjonalny, teraz jednak przykucnął obok głowy Petera, westchnął i powiedział do niego łagodnie:

– Wiem, że chciałeś. Ale nic ci to nie da. A co, jeśli będziesz musiał wysiąść z auta? Drogi na północ nie są oczyszczone, nawet te mniejsze. Wiem to, sprawdziłem je. Nie zdołasz uciekać z taką kontuzją.

Peter popatrzył na czubki drzew widoczne przez okno i mocno przygryzł sobie policzek od środka. Była to dobra metoda, jeśli chciało się powstrzymać płacz. A po raz pierwszy i ostatni raz od lat płakał na ganku chaty Cassie.

– Jeśli zbyt szybko zaczniesz obciążać kostkę, jej stan się pogorszy i uraz nigdy nie zaleczy się prawidłowo – ciągnął Rich. Wskazał za okno. – Chyba nie chciałbyś, żeby noga osłabła ci na stałe albo żebyś już zawsze na nią utykał, prawda?

– Okej – rzekł Peter. Wiedział, że pielęgniarz ma rację. – Przepraszam, że tu utknąłem. Wiem, że nie macie zapasów w nadmiarze.

– Zawsze możemy zdobyć więcej – odparł Rich. Zamrugał kilkakrotnie. – Natomiast nie zdobylibyśmy kolejnej Natalie. Pójdę po tę wodę.

Klepnął Petera w ramię i wyszedł na zewnątrz, nucąc pod nosem. Brzmiało jak siódma symfonia Beethovena.

* * *

Następnego dnia było gorąco, co tylko wzmogło palący ból promieniujący z kostki. Natalie wyszła ze swojego pokoju i przysiadła na końcu kanapy. Miała spuchnięte oczy i wyglądała na zmęczoną, choć spała od poprzedniego wieczora.

– Wiem, że już ci dziękowałam – powiedziała. – Ale dziękuję ci jeszcze raz za to, że mnie uratowałeś... – Spuściła wzrok na swoje kolana. – Przykro mi, że schrzaniłam ci plany wyjazdu. Tata pewnie dałby mi szlaban, gdybym już tu nie tkwiła.

Zerknęła na niego nieśmiało spod włosów, a Peter się roześmiał.

– Cieszę się, że tam byłem – rzekł. – Niektóre niebezpieczne rzeczy mogą się zdarzyć w mgnieniu oka. I to dlatego twój tata ma swoją pierwszą zasadę.

Nat westchnęła.

– No wiem – przyznała.

– Zresztą teraz jesteśmy kwita. Ty uratowałaś mnie, a ja ciebie. W porządku?

– Nie pomyślałam o tym – powiedziała dziewczyna, uśmiechając się. – Ale mimo to będę twoją służącą, dopóki nie wyjedziesz. Na rozkaz taty. Mogę ci coś przynieść?

Peter nie chciał, żeby szesnastolatka pomagała mu w dostaniu się do łazienki. Byłoby to żenujące dla nich obojga.

– No wiesz, muszę zrobić to, co zwykle rano. Umyć zęby…

Podeszła do jednego z małych stolików i wróciła z kijkiem rozwidlonym na końcu w kształt litery V.

– Laska dla ciebie. Tata powiedział, że ci zrobił.

– Dzięki.

Peter pokuśtykał do toalety. Stanął sam w maleńkim pomieszczeniu rozmiarów szafy. Nie śmierdziało. Podobno wszystko szło do zbiornika umieszczonego gdzieś na zewnątrz i zmieniało się w kompost. U Cassie mieli toaletę ze spłuczką, ale mógł się założyć, że tego rodzaju ubikacje wkrótce staną się odległym wspomnieniem.

Pogrzebał w plecaku ucieczkowym. Na dnie w plastikowym woreczku znajdowały się szczoteczka i pasta do zębów. Był niemal pewien, że zawdzięczał to Cassie, zważywszy że znalazł tam również nić dentystyczną. Ich plecaki ucieczkowe mieściły w sobie najważniejsze rzeczy na wypadek, gdyby trzeba było zostawić większy bagaż. Miał tam kilka racji żywnościowych MRE, latarkę, koc termiczny, pelerynę przeciwdeszczową, wodę, amunicję, zapasowy nóż i koszulę oraz trochę środków medycznych. Tylko Cassie mogłaby uznać, że szczoteczka do zębów jest równie istotna jak te rzeczy. Nabrał pasty. Gdy wypluł pianę i przepłukał usta, od razu poczuł się o wiele mniej brudny. Było to oczywiście złudzenie, ale może Cassie miała poniekąd rację.

Czuł, jakby kostka mu płonęła, wrócił więc na kanapę i usiadł, opierając stopę na stoliku kawowym. Nie przywykł do siedzenia, zwłaszcza w tych czasach. Zawsze było coś do zrobienia.

Wszedł Chuck z talerzem i dymiącym kubkiem.

– Kawa i krakersy z masłem orzechowym. Wiem, dziwna mieszanka, ale zużywamy rzeczy, którym kończy się data ważności.

– Dzięki. – Upił kawy. Była czarna, co mu odpowiadało, a krakersy okazały się całkiem smaczne.

Chuck usiadł na kanapie.

– Widziałeś się z Natalie? – spytał.

– Tak. Otrzymała rozkazy, żeby przeprosić? Jeśli tak, to zrobiła to. – Peter skończył przeżuwać i popił krakersy łykiem kawy. – Nie bądź dla niej zbyt surowy.

– Nie posłuchała mnie – odparł mężczyzna ze stanowczą miną. – Niemal ją straciłem.

– Moim zdaniem już dostała nauczkę. Czy kiedykolwiek znalazła się tak blisko eliksów?

– To zabawne określenia dla nich. Eliksowie?

– Tak nazywali ich wojskowi. Od liter w terminie „bornawirus LX”.

– My chyba mówimy po prostu zombie – rzekł Chuck. – Bo właśnie tym są. Nie widzę sensu w używaniu innej nazwy.

– Może to jak z mówieniem „zupa” zamiast „dupa”.

– Taka mała zmiana? – spytał z uśmiechem Chuck. – Żeby się nie nudziło?

Peter się roześmiał.

– Właśnie.

– Nie, nie miała tak bliskiego kontaktu z nimi. Strzelała do nich z oddali, gdy to wszystko się zaczęło, ale później już nie. Może by się jej przydało, ale nie wydawało mi się, by to było warte ryzyka. Wie, jak używać broni, umie się nią posługiwać już od dziecka. Dopilnuję, by od tej pory zawsze nosiła ją przy sobie.

Peter skończył krakersy i kawę. Było to jego śniadanie, a gdy Chuck wyjdzie, żeby pracować, Peter będzie się nudził.

– Czy jest do zrobienia coś, czym mogę zająć się tu na kanapie?

Mężczyzna zastanawiał się przez chwilę, po czym powiedział, że niedługo wróci. Do środka wszedł Rich z psem, nieco przypominającym psiaka Johna, Laddiego. Nagle zjedzone krakersy zaczęły ciążyć Peterowi na żołądku. To z jego winy czworonóg został zabity. Wciąż czuł się okropnie z tego powodu. Nikt nie miał mu już tego za złe, ale sam nigdy sobie do końca nie wybaczył tej sytuacji.

Pies podbiegł do niego, machając ogonem jak szalony. W chwili gdy Peter nawiązał z nim kontakt wzrokowy, zwierzak wskoczył na kanapę i położył mu głowę na kolanach.

– Nie za wygodnie ci, Jack? – odezwał się Rich. – Mam go zabrać?

Peter porządnie podrapał Jacka za uszami. Nigdy nie miał psa, choć zawsze o nim marzył.

– Może zostać. Lubię go.

– Dobrze. Chcę spojrzeć na twoją kostkę.

Rich położył stopę Petera na swoich kolanach i odwiązał bandaż. Nad głową zawisła mu Nat. Gdy opatrunek był już zdjęty, skrzywiła nos.

– To wygląda jak stopa zombie! – rzuciła.

Bo rzeczywiście tak wyglądało. Noga napuchła i zrobiła się fioletowo-szara, zupełnie jak u eliksów.

– Tak naprawdę opuchlizna wygląda lepiej niż wcześniej – ocenił pielęgniarz. – To dobrze. Trzymaj ją w górze. Nat przyniesie ci wszystko, czego będziesz potrzebował.

– Już mu mówiłam, że jestem jego służącą – powiedziała dziewczyna i obróciła się do Petera. – Może jakaś gra planszowa?

– Myślę, że twój tata szykuje mi coś do roboty.

Natalie ukłoniła się.

– Tak jest, panie.

Rich podniósł wzrok znad opatrunku.

– Nie mogę uwierzyć, że ojciec nigdy nie dał ci lania. Może ja powinienem. – Zamachnął się dłonią, a ona uciekła, śmiejąc się. Ich uśmiechy wskazywały na to, że był to stary dowcip.

– W porządku – stwierdził Rich. – Jak coś, to jestem na zewnątrz. Pamiętaj, żeby znowu wziąć ibuprofen.

* * *

Po dwóch kolejnych dniach Peter był pewien, że naostrzył już wszystkie noże w promieniu piętnastu mil. Z kostką było nieco lepiej w tym sensie, że mógł już na niej dłużej ustać, ale wciąż nie był w stanie chodzić w tempie choćby zbliżonym do normalnego. Rich kazał mu zachować cierpliwość, ale było to niemożliwe. Wszyscy czekali na niego na farmie „Przyjdź królestwo Twoje", mimo że sami nie byli tego świadomi. Najprawdopodobniej go opłakiwali.

Chuck dawał mu też inne zadania, ale Peter miał ograniczone możliwości działania z kanapy, którą zresztą wraz z Natalie przesunęli pod okna. Przestawili też krzesła, więc wieczorem wszyscy mogli usiąść, by porozmawiać albo w coś zagrać.

Natalie właśnie wygrała w monopol trzeci wieczór z rzędu, gdy Chuck powiedział:

– Rich i ja myśleliśmy, żeby jutro się ruszyć. Nie będzie nas całą noc. Poszukamy jedzenia. No i zajmę się tymi ziemniakami, tak jak mówiłeś.

– Przywieziesz farbę, tatusiu? – spytała Nat. – Zabrałabym się do malowania. I jakiś materiał na zasłony oraz farbę do mebli. Na przykład białą. No i maszynę do szycia.

Pokazała Peterowi uniesiony kciuk. Przez ostatnie dwa dni prowadzili mnóstwo rozmów na temat wystroju wnętrz. Może i była jego służącą, ale dobrze spisywała się też jako słuchaczka i Peter miał wrażenie, że dobrze się czuła w tej roli.

– Zobaczę, co da się zrobić. Na pewno tu sobie poradzisz, Nat?

– Oczywiście. Peter dotrzyma mi towarzystwa.

Chuck rzucił Peterowi rozbawione spojrzenie, w którym dało się dostrzec cień sympatii.

– No dobrze. Idziemy spać. Jest późno.

Peter umył zęby i położył się na kanapie w spodniach od piżamy należących do Chucka. Gdy drzwi pokoju dziewczyny się zamknęły, mężczyzna przysiadł na skraju stolika kawowego i złożył dłonie.

– Słuchaj, Pete. Chciałbym cię poprosić o przysługę. – Zaczekał na skinienie Petera, po czym podjął: – Gdybyśmy nie wrócili, czy zabrałbyś Nat ze sobą, kiedy będziesz wyjeżdżał?

– Wrócicie, Chuck.

– Nigdy nie wiadomo. Tak na wszelki wypadek. Chcę wiedzieć, że ktoś się nią zajmie. Wierzę, że ty byś się o nią zatroszczył.

– Oczywiście, że bym to zrobił – odparł Peter. Poczuł falę ciepła, która rozlała się w nim na myśl, że ten człowiek był gotów powierzyć mu swoją córkę. Nikt nie poprosił go nigdy nawet o przypilnowanie dzieci. Wiadomo, że jego bogaci przyjaciele nie mieli takiej potrzeby, ale jednak… – Masz moje słowo.

Chuck skinął głową.

– W porządku zatem. Dziękuję ci. – Wszedł do sypialni, którą dzielił z bratem, i zamknął cicho drzwi.

* * *

Następnego dnia Nat, Peter i Jack zostali sami. Do południa popływali już z mydłem, jak mówiła na to dziewczyna. Chłodna woda miło łagodziła kostkę, a mydło dostarczało miłych doznań pozostałym częściom ciała. Natalie zabandażowała mu stopę tak, jak nauczył ją Rich, po czym usiedli w salonie i czytali. Miała w swoim pokoju jakiś milion książek, ale Peter czytał jeden z kryminałów należących do mężczyzn.

Natalie trzymała egzemplarz *Zmierzchu* z pozaginanymi stronami i czytała go tak, jakby robiła to pierwszy raz, choć mówiła wcześniej, że znała tę powieść niemal na pamięć.

– Skąd w ogóle ten szał na całą serię *Zmierzch*?

Nat opuściła książkę i westchnęła.

– Po prostu wszystko jest takie romantyczne. I kto nie chciałby żyć wiecznie i być supersilnym wampirem?

– Hmm, to chyba lepiej niż być zombie.

– To zresztą teraz dla mnie jedyna szansa na jakiekolwiek miłosne uniesienia – rzekła Nat. Oparła się na krześle. – W tym momencie zaakceptowałabym nawet zwykłego faceta.

– Wow, zwykłego faceta? To naprawdę desperacja.

– Zamknij się! – Zachichotała, po czym wychyliła się znów naprzód. – Słuchaj, gdy cię widziałam, byłeś z jakimiś dziewczynami. Tamta, która kucała obok ciebie i trzymała cię za rękę, to twoja laska?

– To moja była dziewczyna. Cassie.

– Dlaczego zerwaliście? Szczegóły?

Oj nie, nie miała szans na szczegóły.

– Po prostu między nami nie wyszło.

Natalie zdmuchnęła sobie kosmyk włosów z czoła i wywróciła oczyma.

– Dzięki, to naprawdę wspaniała historia. A te pozostałe?

Peter uniósł brew.

– Nie zamierzam o tym z tobą rozmawiać. Wiesz chyba, że masz szesnaście lat, a ja trzydzieści, prawda?

– Proszę – błagała Nat. – Nie mam tu telewizji, nie mam filmów. Potrzebuję jakiejś rozrywki w życiu.

Peter pokręcił głową. Jego rozmówczyni oklapła na krześle, ale zaraz potem się poderwała.

– No dobra, zatem będę zgadywać. Ta z krótkimi włosami… jak ma na imię?

– Ana – odparł Peter, ponieważ nie przychodził mu do głowy żaden powód, dla którego miałby nie odpowiedzieć. Ana zamarła w szoku, gdy uświadomiła sobie, że go zostawiają. Otwierał już usta, by jej powiedzieć, że będzie dobrze, że z nim będzie dobrze, jeśli tylko ona i pozostali uciekną przed niebezpieczeństwem, ale nie zdążył.

Natalie obserwowała go przez chwilę, zanim na jej twarzy od-
malował się uśmiech.

– Lubisz tę Anę. Widzę to!

Peter wzruszył niezobowiązująco ramionami, ale ona klasnęła
w dłonie i pisnęła.

– A co Cassie sądzi na ten temat?

Postanowił odpowiedzieć. Miał wrażenie, że jeśli tego
nie zrobi, wówczas dziewczyna będzie go męczyła cała noc.

– Uznała, że to dobry pomysł.

– Co? – zawołała Nat z niedowierzaniem. – Naprawdę?

Peter nie potrafił się powstrzymać. Śmiał się tak, że aż pocie-
kły mu łzy. Natalie uśmiechnęła się i zerwała z krzesła, by usiąść
obok niego.

– Czyli wszyscy się ze sobą przyjaźnili?

– Tak, wszyscy się ze sobą przyjaźnili. Cassie jest chyba moją
najlepszą przyjaciółką.

Cassie znała go lepiej niż ktokolwiek na świecie, nawet Ana.

– Byliście w ogóle w sobie zakochani?

– Ja byłem zakochany w niej – rzekł Peter, czując ukłucie tam-
tej dawnej krzywdy. – Ale ona we mnie nie.

– Zupełnie jak Jacob – powiedziała Nat ze smutkiem.

– Jak kto?

– Ze *Zmierzchu*. Wilkołak. Czy Cassie kocha kogoś innego,
tak jak Bella Edwarda? To wampir.

– Owszem, kocha – odparł Peter. Nastrój robił się coraz bar-
dziej ponury, a on nie miał na to ochoty. Pogodził się z sytuacją.
Wszystko wyszło tak, jak powinno. – Ale on nie jest wampirem.
Słyszałem, że jest całkiem miły.

– Czyli wciąż ją kochasz?

- Tak, ale inaczej. Chcę, żeby była szczęśliwa. To skompliko-
wane.

W oczach Natalie wezbrały łzy. Peter poklepał ją po ramieniu.

- Słuchaj, głuptasie, nie ma się co smucić. Gdy już tam dotrę,
wiesz, z kim będę chciał być? - Natalie pokręciła głową. - Z Aną.

- Ale czy ją kochasz?

- Chyba tak. - Wbił wzrok w ścianę i żałował, że nie ma tu Richa i Chucka, by przerwali tę rozmowę.

- I wciąż kochasz Cassie?

Peter westchnął. Nat nie zamierzała przestać ględzić,
a on nie wiedział, jak wytłumaczyć to wszystko dziewczynie,
która uważała, że jego sytuacja jest jak trójkąt miłosny z powieści
dla nastolatków. Nie spodziewał się, że będzie z Cassie, ani nawet
tego nie chciał, ale wciąż darzył ją uczuciem, które z miłości prze-
rodziło się w coś naprawdę głębokiego.

- Tak. Poniekąd.

Nat podskoczyła na kanapie. W jej oczach nie lśniły już łzy.

- Bella też kocha Jacoba, ale to coś innego. Może chodzi o to,
co mówisz. Naprawdę powinieneś przeczytać *Zmierzch*.

Peterowi nie przychodził do głowy żaden scenariusz, w którym uznałby *Zmierzch* za lekturę obowiązkową.

- Myślę, że dam sobie radę bez pomocy Belli. Ale dzięki.

Podniósł swoją książkę, by zasygnalizować w ten sposób,
że rozmowa dobiegła końca. Natalie wyrwała mu kryminał z rąk
i rzuciła nim przez pokój. Następnie położyła mu „Zmierzch"
na kolanach i zabrała laskę z zasięgu ręki poszkodowanego.

- Proszę! Przeczytaj tylko pierwszych kilka rozdziałów i obie-
cuję ci, że jeśli będziesz chciał, oddam ci twoją książkę. Nie mam
z kim o tym rozmawiać! Proszę, proszę, przeczytaj!

- Jesteś upierdliwa - skomentował Peter. Próbował to wypowiedzieć surowym głosem, ale po szerokim uśmiechu dziewczyny zorientował się, że nie dała się nabrać. Dobrze, weźmie się do tego cholerstwa, choćby dlatego, że pełna nadziei twarz Nat kojarzyła mu się z Betką.

– Dobra. Przeczytam to.

Pisnęła i odtańczyła taniec zwycięstwa. Robiła z nim, co chciała.

Rozdział 4

Słońce zachodziło drugiego dnia, Peter już niemal kończył *Księżyc w nowiu*, a Chuck i Rich wciąż nie wracali. Natalie stała przy oknie, opierając dłoń na głowie Jacka.

– Na pewno nic im nie jest – powiedział Peter, choć wcale nie był tego taki pewien. – Wiedzą, że tu jestem i że ty jesteś bezpieczna. Mogą więc zostać jeszcze jedną noc, jeśli potrzebują.

Nat skinęła głową i kontynuowała wartę. Gdy słońce całkowicie zaszło za horyzont, oznajmiła, że idzie spać. Peter przeczytał rozdział *Zaćmienia*, zdmuchnął lampę i siedział po ciemku, nasłuchując bezskutecznie odgłosu wioseł na wodzie.

Następnego ranka dziewczyna obudziła go, przychodząc do niego z kawą.

– Chyba masz rację. Dałam im całą listę rzeczy do zdobycia, więc pewnie ich szukają. – Zaciskała jednak usta, a kubek, który trzymała, drżał w jej rękach.

– Hej, nie płacz, słonko. – Peter usiadł i poklepał kanapę obok siebie. – Mam przeczucie, że nic im nie jest. Naprawdę.

Osunęła się obok niego i skuliła się pod jego ręką jak pisklę. Owszem, może i była sarkastyczną szesnastolatką pragnącą paranormalnych romansów, ale teraz, gdy wypłakiwała mu się w ramię, była po prostu przerażoną dziewczynką. Betka mogła liczyć na ochronę ze strony mnóstwa ludzi i cieszył się, że teraz mógł się zająć Nat dla Chucka. Siedzieli tak, aż Peterowi wystygła kawa, a Natalie się wypłakała.

Gdy w końcu wstał, stwierdził, że z kostką jest nieco lepiej niż dzień wcześniej. Wciąż nie mógł biegać ani nawet szybko chodzić, ale kontuzja powoli odpuszczała. Jeszcze tydzień czy dwa i będzie mógł ruszyć w drogę. Może wraz z Natalie, ale miał nadzieję, że nie. Potrzebowała swojego ojca.

Po południu nadeszła burza z gatunku takich, które lepiej przeczekać, niż próbować podczas nich pokonywać jezioro. Peter i Nat grali właśnie w scrabble, gdy na ganku zabrzmiały odgłosy kroków i do środka wszedł ociekający wodą Chuck.

– Tatusiu! – wrzasnęła dziewczyna i rzuciła mu się w ramiona. Peter wyobraził sobie Betkę robiącą to samo i przygryzł sobie policzek.

– Przepraszam – odezwał się mężczyzna do Petera. – Boże, jak żałuję, że nie mogliśmy zadzwonić. Utknęliśmy w sklepie, musieliśmy ich przeczekać. Ale wszystko w porządku. – Ujął w dłonie twarz córki i popatrzył na nią roziskrzonym wzorkiem. – Wszystko w porządku, tak?

Pokiwała głową, a gdy poprosił ją o pomoc w przeniesieniu rzeczy do chaty, narzuciła pelerynę i pobiegła nad wodę.

– Uważaj na siebie, gdy będziesz w drodze – rzekł Chuck, zanim ruszył za nią. – Otoczyli nas tam całymi setkami. Jeśli nie masz nic przeciwko, zrobimy jeszcze kilka wypraw, dopóki tu jesteś, a później przyczaimy się aż do zimy. Może zamarzną.

– Mam taką nadzieję. Róbcie co trzeba. Nigdzie się na razie nie wybieram. – Peter na pewno nie zamierzał zostawić Nat samej, dopóki nie będzie wiedział, że mężczyźni mogą zostać z nią.

* * *

Peter siedział na krześle, turlając wałek z farbą po ścianie. Zajmował się dolną połową, a Natalie górną. W chacie zrobiło się teraz znacznie jaśniej. Rich wybrał gotowy jasnoniebieski odcień i okazało się, że jest idealny. Zdobył także białe zasłonki i karnisze, które zawiesił. Gdy Peter skończył już nakładać drugą warstwę farby, przesunął krzesło do stojącej na stole maszyny do szycia.

– Jak to w ogóle działa bez prądu? – spytała dziewczyna.

– Kojarzysz moje długie skórzane rękawice? – Przytaknęła. – No to Cassie zrobiła je dla wszystkich właśnie z pomocą maszyny. Po prostu kręcisz pokrętłem z boku i szyje za ciebie. Z elektrycznością po prostu idzie szybciej.

– Fajnie.

Peter podniósł niebiesko-brązowy materiał w nowoczesny kwiatowy wzór wybrany przez Richa. Wyglądał jak coś z czasopisma wnętrzarskiego i podejrzanie dobrze pasował do farby, kanapy oraz krzeseł.

– Słuchaj, opowiedz mi o swoim wujku. Rzadko mówi i zawsze ubiera się jak wsiowy burak, ale słucha muzyki klasycznej i wybrał idealną tkaninę.

Nie martwił się, że Rich go usłyszy, ponieważ tego ranka bracia wyruszyli na kolejną wyprawę. Następnego dnia minie szesnasta doba pobytu Petera w tym miejscu i przez ten czas dbał o kostkę, więc zdoła wyjechać raczej wcześniej niż później. Pielęgniarz mówił, że według niego potrzebny jest jeszcze tydzień, pod warunkiem że Peter nie będzie przeciążał nogi.

– Wujek zawsze był taki. Babcia słuchała muzyki klasycznej i wiecznie zmieniała wystrój. Chyba w końcu to polubił. Mama pewnie wolałaby, żeby tata był do niego bardziej podobny.

Peterowi przyszło do głowy, by spytać ją, gdzie jest jej mama, ale zrezygnował, widząc, jak dziewczyna przygryzła wargę, a jej oczy zdradzały poczucie zagubienia.

– Ale nie zawsze był taki cichy – ciągnęła Nat. – Pojechał do swojego domu po moich kuzynów oraz ciocię i wrócił milczący. Tak mówi tata: wrócił milczący. Nic nam nie powiedział, oprócz tego, że było już za późno.

– Och.

Peter wyobrażał sobie, na co mógł natrafić Rich, i starał się to wyprzeć ze świadomości. Takie rzeczy na pewno mogą sprawić, że ktoś zamilknie. Odmierzył i pociął materiał tak, by zmieścił w sobie kwadratowe poduszki, po czym zabrał się do lektury instrukcji obsługi maszyny. Nigdy dotąd nie szył, ale wydawało mu się to stosunkowo proste.

Nat starła sobie z policzka plamkę farby.

– Możesz sobie myśleć, że wujek Rich jest dziwny, ale jesteś do niego podobny. Zabiłeś wszystkich tych zombie jak superbohater, a jednak teraz ozdabiasz ze mną dom. I wiem, że twoje ciuchy były kiedyś naprawdę drogie.

– Masz rację – odparł Peter ze śmiechem. Nie zdawał sobie sprawy, że w tych czasach może być odbierany jak chodząca sprzeczność.

Godzinę później westchnął i rozłożył pierwszą nierówną poszewkę na poduszkę na podłodze. Będzie musiał ponownie podziękować Cassie za rękawice. Wydawało mu się niesamowite, w jaki sposób zdołała tak idealnymi szwami połączyć ze sobą paski skóry, dopasować odpowiednie kawałki ściągacza i połączyć je z resztą. Jak właśnie stwierdził, sam ledwo zdołał przeszyć kwadratowy kształt. Szpula wydawała mu się zupełnie tajemniczym zjawiskiem, ale jakoś udało mu się zaprząc dziewczynę do pracy. Natalie usiadła obok niego i wspólnymi siłami sprawili, że druga poszewka wyszła nieco równiej niż pierwsza. Trzecia okazała się nawet niezła, a czwarta niemal idealna. Ułożyli je na kanapie i krzesłach, by móc podziwiać swoje rękodzieło.

– Bez twojej pomocy nigdy nie zrobiłoby się tu tak miło – rzekła dziewczyna. – Musimy jeszcze tylko pomalować sprayem stoliki i będzie gotowe.

– Jutro. Teraz chodźmy już spać.

Nat stanęła na palcach i przytuliła go na dobranoc, jakby należał do rodziny. Udał, że kradnie jej nos i chowa go sobie do tylnej kieszeni. Zaszczyciła go uśmiechem, tak samo jak Betka w identycznej sytuacji. Choć Betka była dwa razy młodsza od Natalie, nawet ona była za duża na tę zabawę.

– Mam teraz poprosić o zwrot czy coś? – spytała Nat, unosząc brwi.

– Nic z tego. – Peter poklepał się po kieszeni. – Mam tu niezłą kolekcję. Nie oddam jej.

– Wow, a ja uważałam cię za fajnego. Tymczasem jesteś równie pokręcony jak mój tata.

Peter uśmiechnął się.

– Uznam to za komplement – odparł.

– Dobranoc, dziwaku. – Nat zachichotała i ruszyła do swojego pokoju, ale obejrzała się przy drzwiach. – Tata mówił mi, że gdyby nie wrócili, mam pojechać z tobą na farmę „Przyjdź królestwo Twoje". Wolał, żebym wiedziała, tak na wszelki wypadek.

– Zgadza się – odrzekł. – Ale nie martw się. Wrócą.

– Wiem. Po prostu nie chciałam, żebyś się zamartwiał, że musisz sam mi to powiedzieć. – Oparła dłonie na biodrach. – A teraz może byś już łaskawie skończył „Przed świtem"? Zdycham tu z niecierpliwości. Musimy to omówić!

Weszła do swojego pokoju i zamknęła za sobą drzwi. Od czegoś tak strasznego jak przyznanie, że jej ojciec może nie wrócić, przeszła do domagania się zwołania konferencji naukowej na temat kolejnej części *Zmierzchu*. Nastoletnie dziewczyny były takie dziwne, a on niesamowicie się cieszył, że sam nie jest już nastolatkiem. Nie pojmował, jak jakikolwiek młody chłopak mógłby rywalizować ze wspaniałym wampirem. Uświadomił sobie, że pewnego dnia Betka również wejdzie w ten wiek, i podniósł książkę, krzywiąc się. Powinien wiedzieć, w co się pakuje.

* * *

Peter przez kilka dni okrążał wyspę, dopóki przestał czuć ból w kostce. Biegał po krzakach ile tylko mógł. Nadszedł czas, a gdy ogłosił swój zamiar, by wyjechać następnego dnia, wszyscy wyglądali na rozczarowanych. Zostałby, gdyby nie miał dokąd się udać, ponieważ polubił towarzystwo, z którym spędził minione tygodnie. Jednak nadeszła już niemal połowa września, a on chciał dotrzeć na farmę przed pierwszym śniegiem.

– Wiedziałem, że to nieuniknione – powiedział Chuck na ganku, gdy byli już po kolacji. – I dzięki, że zostałeś dłużej, niż musiałeś, żeby Nat nie siedziała sama. Będziemy za tobą tęsknić, Pete.

– Moglibyście wszyscy pojechać ze mną. Zdaję sobie sprawę, że włożyliście w to miejsce mnóstwo pracy, ale najwyraźniej tamta Bezpieczna Strefa jest naprawdę bezpieczna.

Chuck westchnął.

– Może w przyszłym roku. Jeśli wciąż będziemy potrzebowali Bezpiecznych Stref. Na razie jeszcze nie możemy.

– Mogę spytać dlaczego?

– Chodzi o mamę Natalie. Czekam na nią. – Mina Chucka złagodniała. Uśmiechnął się, gdy Peter zdradził mimiką myśl, że według niego kobieta się nie pojawi. – Wiem, to brzmi jak wariactwo. Ale chcę dać jej więcej czasu.

– Gdzie była, gdy to się stało?

– Nie jestem pewien. Pozostawaliśmy w separacji i w tamten weekend Nat była u mnie. Zanim dotarliśmy do jej domu, nie został już po niej nawet ślad. Jest mądra. Możliwe, że nic jej się nie stało. Nie tak jak z rodziną Richa…

Peter skinął głową.

– Nat mi mówiła.

– Nie zna szczegółów. Z tego, co Rich mi zdradził, wyglądało to tak, jakby jego żona zaatakowała ich dzieci. Mój bratanek już nie żył, ale bratanica i szwagierka wciąż tam były. Musiał…

Nastąpiła chwila ciszy, którą wypełnił Peter:

– Cholera.

– Właśnie. Ale wracając do tematu, w każdym miejscu, do którego mogła trafić moja żona, zostawiłem jej wiadomości, że jesteśmy tutaj. To tu się obściskiwaliśmy, gdy byliśmy w liceum. – Chuck zachichotał. – Więc mogłem wskazać miejsce, nie podając konkretów.

– Mam nadzieję, że się zjawi.

Chuck kopnął kamień, który poturlał się po schodach.

– Ja też. Wiem, że jeśli tylko będzie mogła, przyjedzie. Może nie dla mnie, ale dla Natalie zrobi wszystko.

– Cóż, gdybyście zmienili zdanie, wiecie, gdzie będę.

– Pewnie nie możesz się doczekać. – Prosta linia warg mężczyzny wykrzywiła się w nieznacznym uśmiechu. – Twoja mała tam jest, a od Nat słyszeliśmy też trochę o pozostałych.

– Mogę sobie tylko wyobrażać, co wam mówiła.

Mężczyzna poklepał go po plecach i wybuchnął śmiechem.

– Mówiła, że nie ma pojęcia, jak jakakolwiek kochana przez ciebie dziewczyna mogłaby nie odwzajemnić tego uczucia. Wydaje mi się, że chyba przebiłeś Edwarda.

Peter zaśmiał się, ale po chwili rzekł cicho:

– Cóż, byłem dupkiem. To dlatego mogła mnie nie pokochać.

– No tak – odparł Chuck, wzdychając. – Ja też sporo rzeczy mogłem zrobić inaczej. Wciąż kocham żonę i mam nadzieję, że dostanę szansę, by naprawić to, co było między nami. Ty dostałeś taką okazję. Wykorzystaj ją.

Peter popatrzył na szeroką, uprzejmą twarz mężczyzny. Należał do osób, które jeszcze kilka miesięcy temu Peter uznałby za prostaka, gdyby w ogóle zniżył się do tego, by je zauważyć. Może i wcześniej nie był szczególnie chamski, ale przez większość czasu traktował innych tak, jakby byli niewidzialni.

Może dlatego, że sam czuł się niewidzialny. Tak powiedział do Cassie pewnego wieczoru. Mówiła mu, że to nieprawda, ale on udał, że zasypia, żeby się nie rozpłakać. Następnego ranka Cassie próbowała znowu poruszyć ten temat i gdy ją spławił, dostrzegł w jej oczach zniecierpliwienie oraz poczucie krzywdy. Zdał sobie wówczas sprawę, że była to dla niego ostatnia szansa i że jej nie wykorzystał.

Tak robił przez cały okres ich związku. Gdy tylko czuł, że się od niego odsuwała, otwierał się zaledwie na tyle, by dostrzegła w nim faceta poznanego w barze. Przerażało go to i znów się dystansował. Musiało ją to doprowadzać do szaleństwa.

Cóż, teraz już nie był przerażony. Istniało zbyt wiele innych rzeczy wzbudzających strach. Maczety i broń palna były użyteczne, ale w pełni pokonać strach mógł tylko człowiek. On zaś po raz pierwszy od osiemnastu lat miał wokół siebie ludzi. Miał córkę, najlepszą przyjaciółkę, potencjalną dziewczynę i resztę swojej nowej rodziny. Był szczęściarzem, bo dostał kolejną szansę, by zmienić swój los i nie zjebać sprawy po raz tysięczny.

Również poklepał Chucka po plecach.

– Już wykorzystałem – oznajmił.

* * *

Następnego ranka Rich, Chuck i Nat stali przy pikapie, obserwując, jak Peter wrzuca swój bagaż pod fotel pasażera.

– Na pewno nie chcesz mercedesa? – spytał Chuck. – Możesz go wziąć.

– Na pewno – odparł Peter. Wyszczerzył zęby w uśmiechu i kopnął oponę. – Może teraz bardziej lubię pikapy.

Natalie rzuciła mu się na szyję.

– Będę za tobą tęskniła!

– Nie czekaj na żadne wampiry – wyszeptał jej do ucha.

– Zostałabym twoją fanką, gdybyś nie był taki sędziwy – odrzekła i odsunęła się z roziskrzonym wzrokiem.

– Dzięki – odpowiedział. – Chyba.

Żałował, że nie jadą razem z nim. Po drodze do chaty Cassie pożegnali się z Washingtonami na kempingu, obiecując sobie, że się spotkają, jednak rodzina nie przyjechała. Szansa, że jeszcze kiedyś ujrzy Chucka, Richa i Nat, była niewielka, jeśli nie zerowa. Rozumiał podejście Chucka i jego desperacką nadzieję, jednak ludzie musieli trzymać się razem. Mógł to być jedyny sposób, żeby uwolnić świat od eliksów.

Wyciągnął dłoń.

– Dzięki za opiekę pielęgniarską, Rich.

– Dzięki za pomoc przy chacie – odparł Rich z nietypowym dla siebie uśmiechem. – Wygląda naprawdę miło. Mój brat przeciągnąłby mnie po rozżarzonych węglach, gdybym zasugerował choć część z tych rzeczy.

Chuck uderzył go w ramię, po czym uściskał Petera, klepiąc go po plecach.

– Uważaj tam na siebie – rzekł.

Peter skinął głową i wsiadł do pikapa. Rozłożył na siedzeniu obok mapę. Rich zaznaczył na niej drogi, o których wiedział, że są czyste. Pozwoli mu to pokonać jedną trzecią trasy. Później będzie zdany sam na siebie. Przerzucił skrzynię biegów na tryb jazdy.

– Całuj mnie w zupę! – zawołała Nat.

Pamiętała. Roześmiał się i pomachał im po raz ostatni.

– Całujcie mnie w zupę.

Wyruszył w drogę.

Rozdział 5

Z początku drogi wiodły go obok mocno rozstrzelonych domów i pól krztuszących się od chwastów. Wszystko wyglądało na zupełnie opuszczone. Nawet budynki, na których widniały ślady walki w postaci rozbitych okien i leżących przed nimi ciał, wydawały się opustoszałe. Miał wrażenie, jakby został ostatnim człowiekiem na Ziemi. Oczywiście tak nie było i tylko to pozwoliło mu zachować poczytalność. Starał się wyobrazić sobie jakiegoś człowieka jeżdżącego na ślepo tymi szosami w nadziei, że znajdzie kogoś innego niż tylko grupy eliksów, i zrozumiał, że taki ktoś mógłby dać za wygraną. Stary Peter zapewne by to zrobił, ale nowy już nie.

Wiedział, że gdzieś tam na świecie kryje się jeszcze dobro, schowane na kempingach i maleńkich wyspach na jeziorach. I nawet gdyby po przybyciu na farmę „Przyjdź królestwo Twoje" dowiedział się, że pozostali tam nie dotarli, nie poddałby się. Ta myśl kazała mu tak mocno ugryźć się we wnętrze policzka, by poczuć krew. Nie mógł jednak jej wyprzeć z pamięci. Stanowiła potencjalną rzeczywistość.

No dobrze, miał już dość rozmyślań o tym, co realne. Skoncentrował się na drodze. Przeszła w półtora pasa nierównego, wyschniętego błota. Gdyby Rich nie zapewnił go, że da się tędy przejechać, już by zawrócił. W końcu znalazł się na szosie wyglądającej, jakby jeździło po niej coś więcej niż tylko ciężarówki wiozące ścięte drzewa. Podążył nią na północ, trafiając na mniejsze dróżki z pojawiającymi się od czasu do czasu maleńkimi miasteczkami i grupkami eliksów kręcącymi się wokół sklepów wielobranżowych oraz pustych skrzyżowań.

Minął właśnie granicę zaznaczonego obrazu, gdy trafił na pierwszą blokadę. Nie miał pojęcia, jak mogło dojść do korka na środku drogi gruntowej, jednak stały tam cztery samochody, których nijak nie dało się ominąć. Spojrzał na las, by upewnić się, że jest pusty, i ograniczał szuranie butami do minimum, gdy sprawdzał teren. W jednym z aut znalazł jednorękie ciało z głową opartą o szybę.

Wepchnął się pomiędzy ten wóz a sąsiedni i niemal spanikował, gdy trup się poruszył. Eliks grzmotnął głową o szybę i skóra ze zmumifikowanej twarzy zostawiła płaty na szkle. Stwór klęczał na fotelu, żarłocznie spoglądając przekrwionymi oczyma. Peter odetchnął i obserwował, jak tamten się szarpie. Czasami miał wrażenie, jakby wszystko to był sen, a właściwie koszmar. Koncepcja, że istnieją takie istoty jak zombie, wydawała się nie do pomyślenia. Może Nat rzeczywiście powinna czekać na tego wspaniałego wampira?

Podszedł do pierwszego pojazdu, srebrnego priusa ustawionego w poprzek drogi. Samochody z tyłu uderzyły w niego, gdy zatrzymał się zaraz po zderzeniu z czymś. To coś wciąż znajdowało się pod jego przednim kołem, wciąż żywe. Czy też raczej nieumarłe, zależy, jak na to spojrzeć. Podnosiło ręce i stukało zębami, tak podochocone, że niemal oderwało się od nóg uwięzionych pod oponą. Peter wbił ostrze maczety w oko stwora.

Drzwiczki priusa były otwarte, ale kluczyki zniknęły. Nie znał żadnego innego sposobu przerzucenia wozu na luz. Mógłby się założyć, że John umiałby to zrobić. W temacie samochodów Peter wiedział, jak zmienić oponę, sprawdzić poziom oleju i podobne rzeczy – nie był zupełnym głąbem – ale gdyby postawić go przed otwartą maską, pogubiłby się. Czując się idiotycznie, że w ogóle podejmuje się takiej próby, starał się zepchnąć priusa z drogi. Może i według Nat był superbohaterem, ale nie dał rady ruszyć auta.

Minął pojazd z zombie w środku i gdy ten znów się rozszalał, pokazał mu środkowy palec. Może było to szczeniackie, ale poprawiło mu nastrój. Nadeszła pora, by się wycofać. Po czterech godzinach jazdy pokonał zaledwie jedną trzecią trasy. Zdawał sobie sprawę, że nie będzie łatwo, ale bieżąca sytuacja okazała się mocno zniechęcająca. Jeśli wszystkie drogi znajdowały się w podobnym stanie, będzie musiał rozejrzeć się za rowerem. W sumie nie był to zły pomysł. Cofnie się, znajdzie jednoślad i wrzuci go na pakę, tak na wszelki wypadek.

Rzeczywiście w garażu domu gdzieś na południe od Rutland znalazł rower. Siodełko było ustawione wystarczająco wysoko jak na jego metr osiemdziesiąt wzrostu, a w oponach nie brakowało powietrza. Wraz z jednośladem Pete znalazł też sakwy i małą pompkę. Przyszło mu do głowy, by zajrzeć do domu, ale gdy po zapukaniu usłyszał ze środka sekwencję łomotów, postanowił nie ryzykować. Miał dość jedzenia na kilka dni. Nie było sensu prosić się o kłopoty. Ana zapewne spierałaby się, że jednak wejdzie, choćby dla hecy. Pokręcił głową i uśmiechnął się. „Banana" – tak przezywały ją Penny i Cassie. Było to trafne określenie[2].

Gdy przebywał w garażu, wzdłuż domu przeszli eliksowie, rozejrzał się więc starannie, zanim załadował rower i ruszył dalej. Jeśli oceniać po tym, ilu ich widział w tej stosunkowo odizolowanej okolicy, wjazd do centrum miasteczka wielkości Rutland mógł być bardzo złym pomysłem.

Kierował się na wschód i północ drogami gruntowymi oraz takimi, które równie dobrze mogłyby być gruntowe, z całym tym połatanym asfaltem. Przynajmniej dało się przejechać. Dopóki tylko szosa wiła się między ziemiami uprawnymi, miała utwardzone lub trawiaste pobocze, po którym był w stanie omijać nieuniknione porzucone auta. Problemy pojawiały się dopiero wtedy, gdy trasa zwężała się w lasach. Przydałaby się nawigacja Google, ponieważ mapa nie pokazywała terenu, przez który wiodła droga. Dobrze przynajmniej, że w stanie Vermont nie rosło wiele drzew. Peter zaśmiał się z własnego dowcipu[3] i uświadomił sobie, że paradoksalnie znów czuł się szczęśliwy. On we własnej osobie. Stukał palcami w kierownicę i nucił pod nosem, nie zdając sobie z tego sprawy.

Blask słoneczny wdzierający się do pikapa dawał tyle ciepła, że Peter uchylił szybę. Nie ośmielił się zdjąć skórzanej kurtki, w razie gdyby musiał nagle uciekać z wozu. Pogoda zmieniła się w ostatnich tygodniach. Wcześniej było gorąco i duszno, teraz zaś chłodno, a drzewa zaczynały przebierać się w jesienne barwy. Powinien pokonać jeszcze sto dziewięćdziesiąt kilometrów, ale bocznymi dróżkami wyjdzie pewnie dwieście czterdzieści. Miał wystarczająco benzyny, nawet jeśli będzie musiał kilkakrotnie się cofać.

Jechał właśnie jedną z szerszych szos w kierunku Northfield, pozwalając sobie myśleć, że do zmroku dotrze na farmę, gdy trafił na mur. I to nie w przenośni. Był to mur z pustaków, cegieł i kamieni skonstruowany po północnej stronie skrzyżowania dwóch dróg. Od jednej strony stykał się z dużym budynkiem, od drugiej z domem, za którym ciągnął się dalej.

Zatrzymał się równolegle do ściany i wdrapał się na dach pikapa. Po lewej widniały zabudowania małej szkoły, po prawej – domy mieszkalne. Białe budynki szkoły były otoczone przez drzewa, które niedawno stały się złote i pomarańczowe. Cała sceneria wydawała się malownicza, choć opuszczona. Za murem nie dostrzegł żadnego żywego stworzenia. Przewrócony termos i kilka krzeseł sprawiały wrażenie, jakby ktoś w pewnym momencie bronił tego odcinka.

– Halo? Jest tu kto? – zawołał.

Po drugiej stronie parkingu zauważył ruch. Pojawił się eliks, a za nim kilkunastu kolejnych. Wiedział, że nawet gdy nie ścigali aktywnie ludzi, nie potrzebowali snu. Kiedy tylko jednak kogoś wywęszyli, sprawiali wrażenie, jakby się obudzili. Peter znalazł się w aucie i ruszył na południe, zanim zdołali się zbliżyć. Musiał wrócić na mniejsze drogi i do potencjalnych zatorów.

* * *

Kryzys nastąpił na drodze numer sto. Nie miał wyboru, musiał nią jechać, ponieważ mniejsze dróżki kierowały go właśnie na tę szosę. Poza tym to nią musiał się przedostać pod autostradą międzystanową I-89. Przeciskał się właśnie przez labirynt aut na moście prowadzącym do wiaduktu, gdy usłyszał huk wystrzału, a następnie pękającej opony. Jego pierwszą myślą było

„pochylić się", drugą „kurwa". Chwilę później pikapem zarzuciło w lewo i uderzył w jeden z samochodów, które już nie wydawały się tak przypadkowo rozmieszczone. Rzeczywiście jechał labiryntem, celowo ustawionym tak, by spowolnić podróżnych i by dać ludziom, którzy go skonstruowali, czas na oddanie strzału. Peter uderzył głową w kierownicę, ale jechał na tyle wolno, że nic mu się nie stało.

– Wyłaź z wozu! – zawołał męski głos spod wiaduktu. – Już!

Peter ściskał pistolet i zastanawiał się, co robić. Niezależnie od tego, czego od niego chcieli, to nie mogło skończyć się dobrze. Mogli mu zabrać wszystko, co miał, czyli niewiele, jednak ktoś, kto tak starannie przygotował zasadzkę na podróżnych, raczej nie zamierzał pozwolić mu odejść.

– Dlaczego? – zawołał, żeby określić dokładniej kierunek, z którego dobiegał głos.

Przednia szybka pokryła się siateczką pęknięć, trafiona kolejnym pociskiem.

– Wyłaź z wozu albo będziemy strzelać, dopóki nie zdołasz już wyjść!

Mówiący znajdował się trzydzieści metrów przed nim, za jednym z betonowych filarów. Peter sięgnął po plecak leżący na fotelu pasażera, po czym wcisnął do środka mapę i zarzucił go sobie na ramię. Wysunął lufę przez szczelinę przy uchylonych drzwiczkach i wystrzelił w kolumnę. Zaczekał, gdy odpowiadano mu kilkoma kulami. Wystrzały odbywały się miarowo – bum, bum, bum – jakby pochodziły tylko od jednego strzelca. Może nie chcieli marnować amunicji, ale Peterowi wydawało się, że reakcja powinna obejmować coś więcej niż tylko samotny głos i samotną broń. Wyglądało na to, że trafił na jakiegoś desperata, co mogło skończyć się różnie. Albo nieznajomy puści Petera, jeśli ten odda mu zapasy, albo po prostu go zastrzeli.

– Nie mam dużo – zawołał Peter. Musiał mocno się postarać, ale zdołał zabrzmieć tak, jakby się nie bał. – Ale to, co mam, będzie twoje, jeśli pozwolisz mi odejść. Chcę po prostu dotrzeć na północ.

Przez pełną minutę panowała cisza. Następnie kula trafiła w drzwi. Uznał to za odpowiedź. Wkurzył się. Oferujesz komuś ostatnią koszulę z grzbietu, a on i tak chce cię zabić. Niech mu będzie. Wystrzelił znów w kolumnę, zaczekał na palbę zwrotną, później znowu, kolejne strzały i nastąpiła przerwa. Może tamten przeładowywał, może się zastanawiał, jednak Peter miał teraz szansę. Wyciągnął kluczyki ze stacyjki – tamtym będzie trudno przesunąć pikapa bez nich – wyrzucił je z mostu i przebiegł na tył auta. Na północny zachód wiodła inna droga, którą mógł się przedostać pod I-89. Opuścił tylną klapę i wyciągnął rower.

Trzymając się nisko, przeprowadził rower przez labirynt samochodów. Droga skręcała na końcu mostu i Peter zniknie na długo przed tym, jak zdołają odsunąć pikapa i ruszyć za nim. Może nawet nie będą sobie zawracać nim głowy. Wychylił się i znowu strzelił. Tym razem nikt nie odpowiedział ogniem, ale usłyszał ciche tupnięcia, jakie wydają sportowe buty na betonie. Po chwili dobiegł go ten sam dźwięk truchtania po twardej posadzce, kojarzący mu się z szybkim biciem jego serca. Po raz kolejny zapanowała cisza.

Upewnił się, że jego stopy znajdują się za oponą pikapa, i wyjrzał pod autem. Odgłos ponownie się rozległ i tym razem towarzyszył mu brzęk metalu. Nagle Peter dostrzegł czubek buta wysuwający się zza jednego z pojazdów stojących przed nim. Usłyszał cichy szelest i stopa wychyliła się na drogę, zupełnie jakby jej właściciel położył się na drodze. W polu widzenia pojawiła się noga w obszarpanej nogawce roboczego kombinezonu.

Peter zdawał sobie sprawę, że ma miękkie serce, ale nie chciał zabijać żywych ludzi, jeśli nie musiał. Tak niewielu ich zostało. Był jednak do tego gotów. Położył się na nawierzchni za kołem i wycelował w najbardziej umięśnioną część łydki mężczyzny. Wypuścił część powietrza, tak jak uczył go John, i ściągnął spust.

Eksplozja tkaniny i krwi zaskoczyła Petera swoją brutalnością. Wyobrażał sobie, że pojawi się niewielki otwór, jak w przypadku Nela, jednak przyjaciel został trafiony w pobliżu krawędzi mięsistej części łydki. Tymczasem pocisk kaliber 45 zniszczył mężczyźnie goleń. Napastnik stał się teraz przynętą dla zombie. Peter zorientował się, że nie wzbudziło to w nim żadnych emocji. Jego serce też potrafiło być twarde.

Sięgnął po rower, jednak pochylił się, gdy pomiędzy okrzykami cierpienia postrzelonego człowieka usłyszał odgłos kroków. Może pod wiaduktem był mimo wszystko ktoś jeszcze. Jednak ten ktoś nie spieszył na pomoc koledze i nie starał się ukrywać. Kroki zbliżały się z dwóch krańców mostu. Hałas musiał ściągnąć eliksów.

Peter wciąż trzymał się nisko, jedną dłonią ściskając ramę roweru, i czekał. Odgłosy stóp się zbliżały. Przybysze będą musieli go minąć, żeby dotrzeć do źródła wrzasków, które zmieniły się w stęknięcia. Postrzelony mężczyzna starał się zachowywać cicho, ale Peter wyobrażał sobie, że to niełatwe, gdy niemal odstrzelono ci nogę.

Jedyną możliwość stanowiło ukrycie się. Nie miał pojęcia, ilu intruzów nadchodzi ani czy zdoła się przez nich przebić. Wsunął się pod pikapa, trzymając plecak za uchwyt, i obserwował zbliżających się eliksów. Szło przynajmniej kilkanaście par nóg. Adidasy, bose stopy z brudnymi, poobijanymi palcami oraz pojedynczy elegancki męski but minęły go, zmierzając ku mężczyźnie, którego zombie słyszeli i wyczuwali.

Peter sięgnął do kieszeni i wygrzebał naboje, które włożył tam na wszelki wypadek. Załadował je do rewolweru, cicho zamknął bębenek i obserwował kolejną falę przechodzących stworów. Omijali pikapa od tyłu, niektórzy potykali się o ramę roweru. Mężczyzna zaczął wydawać zwierzęce okrzyki przerażenia. Peter obrócił się, by móc skręcać głowę w obie strony. Dostrzegał jedynie tył nóg tamtego człowieka, który zdołał wstać, prawdopodobnie utrzymując się na jednej nodze. Opierając się o samochody, przeskakiwał tam, skąd przyszedł. Skoki ustały, rozległo się kilka strzałów i dwóch eliksów padło na beton. Peter widział jednak w oddali kolejne zbliżające się stopy, podobnie jak na jego końcu mostu. Stwory podchodziły do mężczyzny. Rozbrzmiały jeszcze cztery strzały, a później tamtemu chyba skończyła się amunicja, ponieważ jego skoki stały się bardziej szaleńcze i pełne desperacji. Rozległ się przenikliwy wrzask, zupełnie nieprzypominający głosu, który wcześniej żądał, by Peter opuścił wóz.

Mężczyzna upadł na ziemię i Peter mógł przyjrzeć się lepiej swojemu niedoszłemu napastnikowi. Ciemne włosy, wąska twarz. Zwykły facet, może nawet miły. Czołgał się w kierunku Petera z otwartymi ustami, dopóki nie wylądował na nim eliks. Facet zawył, gdy zęby wgryzły mu się w plecy. Zauważył Petera pod pikapem i otworzył szeroko oczy.

– Pomóż! Pomóż mi!

Było już za późno na pomoc, ale Peter i tak by jej nie udzielił. Za niektóre rzeczy warto było umrzeć, jednak na pewno nie za tego człowieka, który uznał, że życie Petera nie jest nic warte.

Obserwowanie całej tej sytuacji było jednak czymś straszliwym. Eliksowie pożerali tamtego mężczyznę żywcem, rozrywali kończyna po kończynie, aż w końcu któryś przyklęknął przy jego głowie, zasłaniając Peterowi widok. Większość mijających go stworów dotarła już do ofiary. Nadeszła szansa Petera. Przygotował się do biegu, jednak kolejne stopy wyłoniły się zza samochodu stojącego za nim. Może najlepiej będzie poczekać, aż przejdą. Mógł tkwić pod wozem tak długo, jak tylko chciał.

Gdy to pomyślał, wszechświat postanowił sobie z niego zakpić. Eliks zaplątał się stopą w ramę roweru i upadł na ziemię. Peter zastygł w bezruchu, jednak pożółkłe, otoczone czarnymi obwódkami oczy dostrzegły go. Stwór otworzył usta, ukazując wyszczerbione zęby, i wydał z siebie jęk, który sprawił, że inni nagle się zatrzymali.

Nie było już słychać wrzasków mężczyzny zagłuszających syczenie eliksa, jedynie wilgotne, ciche odgłosy konsumpcji. Stwór próbował przeczołgać się w stronę Petera, ale stopy uwięzły mu w ramie rowerowej. Dwóch kolejnych eliksów padło na ziemię i ich twarze, równie dziobate i zgniłe jak u pierwszego, zajrzały pod podwozie pikapa.

Musiał uciekać. Przeturlał się w klinowatą przestrzeń pomiędzy pikapem a sedanem, w którego uderzył. Rower był nie do odzyskania, jednak plecak tkwił pewnie na grzbiecie. Słońce na wpół oślepiło Petera, przysłaniał więc sobie oczy pistoletem, dopóki nie mógł na powrót normalnie widzieć. Kilkunastu eliksów znajdowało się pomiędzy nim a końcem mostu. Szli tą samą drogą, którą niedawno jechał. Wskoczył na bagażnik sedana, wdrapał się na jego dach i zszedł na maskę, po czym przeskoczył na następny pojazd.

Peterowi zostały jeszcze trzy auta, zanim zauważyli go eliksowie zajęci jedzeniem. Labirynt, który wciągnął go w te tarapaty, okazał się teraz dla niego jedyną szansą na ratunek. Skakał z wozu na wóz i wreszcie stanął na masce forda taurusa na końcu blokady, gdzie czekała grupka sześciu eliksów. Niełatwo było strzelać w głowy ruchomym celom, zwłaszcza jeśli poruszały się one w tak przypadkowy sposób, i dopiero gdy się zbliżyli, trafił trzech. Obejrzawszy się za siebie, dostrzegł, że za kilka minut będzie miał do czynienia z około piętnastoma potworami, przełożył więc rewolwer do lewej dłoni, a prawą chwycił maczetę i skoczył na stojącą przed nim trójkę.

Impet ataku przewrócił pierwszego na ziemię. Peter grzmotnął rękojeścią rewolweru drugiego, który chwycił go za rękę, i w powietrze prysnął strumień brązowej cieczy. Pchnięcie w pierś trzeciego eliksa dało mu wystarczająco miejsca, by mógł wbić mu się maczetą w usta.

Próbował uciekać, ale został pociągnięty w tył przez tego, którego wcześniej powalił na asfalt. Stwór zahaczył łapą o dolny pasek plecaka i teraz trzymał go, kłapiąc zębami. Peter wierzgał nogami jak koń, ale przeciwnik nie puszczał. Był jak balast. Balast z zębami. Pozostali eliksowie znaleźli się już w odległości jakichś siedmiu metrów. Tracił przewagę.

Peter rozpiął plecak w pasie i na piersi, by pozbyć się bagażu. Może poradzi sobie bez zapasów, choć tracąc kolejne rzeczy w drodze na północ, będzie zmniejszał swoje szanse. Jednak nawet największe zapasy na świecie nie przydadzą mu się, gdy będzie martwy. W ostatnim wysiłku ścisnął mocniej maczetę, obrócił się, by zarzucić eliksem na bok, po czym spuścił ostrze po łuku w dół i w tył. Rozległ się chrzęst, balast stał się jeszcze cięższy i stwór poluzował chwyt na tyle, by Peter zdołał się wyrwać. Opuszki palców pierwszego z nadciągającej grupy, pokryte wyschniętą, łuszczącą się krwią, musnęły mu rękę. Peter pędem przebył końcowy odcinek mostu i pobiegł dwupasmową drogą. Był spocony i przerażony, ale żywy. Przeżył.

Po niemal dwóch kilometrach zatrzymał się na środku szosy i łapczywie napił się wody. Kostka wydawała się w porządku. Podziękował sobie, że posłuchał rady Richa. Odsunął opadające włosy z czoła i podszedł do pobliskiego domu. Przed podwójnym garażem, w którym mógł znajdować się rower, stał suv. Zbyt optymistycznie byłoby sądzić, że samochód odpali. Gdy wraz z Johnem zdobywali furgonetkę, dzięki której uciekli z chaty, akumulator był tak rozładowany, że nawet przy uruchamianiu z kabli silnik nie chciał zaskoczyć. Potrzebowali nowego akumulatora, żeby go uruchomić. Po pięciu miesiącach zapewne niewiele aut było w stanie ruszyć. I tak zamierzał spróbować, nawet jeśli nie miał czego podpiąć do drugiego końca kabli rozruchowych. Mimo wszystko planował poszukać kluczyków w nadziei, że się uda.

Rękojeścią maczety rozbił szybkę w bocznych drzwiach do garażu, wsunął dłoń do środka i przekręcił zamek. Nie znalazł roweru, zamiast niego trafił na quada. Bezużytecznego, co stwierdził, gdy spróbował go uruchomiać. Quad byłby idealny. Czasami doprowadzało go do szału, że miał wokół siebie tak wiele rzeczy, które potencjalnie mogłyby uratować mu życie, tylko że żadne z tych cholerstw nie chciało działać.

Drzwi prowadzące do wnętrza właściwego domu okazały się otwarte. W środku było cicho. Porozrzucane fragmenty odzieży leżały na podłodze, a w wejściu do urządzonej w wiejskim stylu kuchni stała mała chłodziarka turystyczna. Ktokolwiek tu mieszkał, jakaś rodzina, jeśli oceniać po zdjęciach, opuścił dom w pośpiechu. Peterowi została ostatnia butelka wody. Lodówka była pusta, więc zajrzał do chłodziarki.

Smród, jaki uwolnił się spod podniesionego wieczka, był straszliwy. W związku z brakiem dostępu powietrza zgniła żywność nie wyschła, jednak nie powstrzymało jej to przed zamienieniem się w lepką papkę cuchnącą jak zepsute zęby i śmierć. Jak eliksowie. Na wierzchu brei z resztek mięsa i owoców Peter zauważył dwie puszki pepsi. Złapał jedną, otworzył i wziął łyk. Gazowana słodycz przedarła się przez kwaśny posmak w ustach. Być może był to najlepszy napój, jaki w życiu wypił. Pragnął się nim rozkoszować, ale zanim znowu zaczerpnął tchu, zdążył już wysączyć ostatnią kroplę. Nel byłby gotów zabić za taki napój. Wypił wszystkie puszki pepsi, które znalazł w pobliskim Walmarcie, a później przeszedł fazę odstawienia, podobnie jak James ze swoją ukochaną nikotyną.

Drugą puszkę Peter wcisnął do plecaka, a następnie zabrał z szafki kilka suchych mieszanek do zrobienia zupy. Znalazł też trochę konserw, ale zostawił je. Miał dość żywności, a metalowe opakowania były ciężkie. Dlaczego tamten człowiek spod wiaduktu nie sprawdził opuszczonych domów? To nie miało sensu. Jednak nic nie miało sensu, jeśli myślało się zgodnie ze starymi zasadami. Może facet oszalał. Tak może się zdarzyć po miesiącach życia w samotności. Peter usiadł na kanapie i rozłożył na kolanach mapę. Oszacował, że do farmy „Przyjdź królestwo Twoje" zostało mu jeszcze jakieś dziewięćdziesiąt, sto dziesięć kilometrów. Czyli dwa do trzech dni marszu, oczywiście w zależności od tego, na co natknie się po drodze.

Rowerem byłoby szybciej. Wykreślił w głowie trasę i popatrzył na zegarek. Była druga po południu. Mógłby iść jeszcze kilka godzin, ale musiałby znaleźć gdzieś miejsce na nocleg. Poza tym nie oddalił się zbytnio od mostu. Nie miał pojęcia, jak długo eliksowie będą podążać jego tropem, jednak wychodził z założenia, że mogliby go doścignąć, gdyby przemieszczali się półtora kilometra na godzinę.

Wyszedł przez drzwi frontowe, sprawdził suv-a, który, zgodnie z przewidywaniami, okazał się niesprawny, po czym pobiegł truchtem. Droga, na której się znajdował, zawiedzie go prosto przez Waterbury i za autostradę I-89. Oczywiście udało mu się zabrnąć w tę jedyną część Vermont, której nie przecinały tysiące dróżek.

Szedł najszybciej i najciszej jak tylko umiał. W pewnym momencie na drodze przed sobą dostrzegł grupę eliksów i przekradł się przez ogródki wokół domów. Zapewne zdołałby ich prześcignąć, ale nie miał ochoty podjąć próby. W końcu dotarł do mostu na rzece, wzdłuż której podążał, zanim się zatrzymał. Zastanawiał się, czy przez nią nie przepłynąć i nie iść przez las, aż dotrze do I-89, ale bez kompasu czy lepszej mapy mógłby się zgubić. Zrezygnował z tego pomysłu. Zamierzał trzymać się drogi, dopóki nie znajdzie się bliżej.

Odetchnął z ulgą, widząc pusty most. Przynajmniej coś tego dnia szło po jego myśli. Był pewien, że widział jakąś sylwetkę niesioną nurtem. Przynajmniej zombie nie potrafili pływać. Gdyby rzeka biegła na północ, rozejrzałby się po okolicy w poszukiwaniu łódki, ale według mapy zmierzała na zachód.

Wszedł na Main Street i podszedł do jednego z domów, by sprawdzić, czy nie znajdzie tam roweru. Jak dotąd natknął się tylko na kilka dziecięcych rowerków. Roześmiał się na myśl, że miałby pedałować przez Vermont na fioletowym jednośladzie z księżniczką znalezionym w jednej z mijanych szop. Niewątpliwie tak właśnie by zrobił, gdyby tylko zdołał się na niego zmieścić.

Ten dom wydawał się jednak obiecujący. Stojący przed nim subaru miał naklejkę „Podziel się drogą" i bagażnik rowerowy. Peter rozważał właśnie, jak dostać się do środka, robiąc przy tym jak najmniej hałasu, gdy pod drzewami z tyłu zauważył ciemną masę. Zatrzymał się gwałtownie i wstrzymał oddech. Jeszcze go nie widzieli. Wrócił tyłem po swoich śladach, ostrożnie stawiając stopę za stopą i nieruchomiejąc, gdy tylko wydawało mu się, że któryś z wrogów może obrócić się ku niemu.

Już niemal zniknął im z pola widzenia, gdy jeden go dostrzegł. Warknięcie, które z siebie wydał, poniosło się po drodze i stwór ruszył na niego. Peter nie czekał, by się przekonać, czy pozostali pójdą w jego ślady, bo miał pewność, że to uczynią. Obrócił się na pięcie w kierunku drogi odchodzącej od Main. Ulica była ślepa – sprawdził to wcześniej – choć przynajmniej leżała po prawidłowej stronie rzeki.

Była to wąska droga utwardzona z domami, w których mógł znaleźć rower, oraz ze stacją benzynową z potencjalnymi zapasami. Biegł tak, by po swojej lewej stronie mieć tory kolejowe, po prawej zaś rzekę. W końcu dostrzegł przejście dla pieszych prowadzące na drugą stronę torów i do lasu. Popędził po żwirze w mrok tunelu, w którym czekał eliks, zaalarmowany stukotem jego butów. Oczy Petera dostosowały się do ciemności w samą porę, by pozwoliły mu zauważyć wyciągnięte łapy. Nie było czasu się zatrzymywać, więc po prostu pchnął stwora na ścianę i gnał dalej, zbytnio pochłonięty ucieczką, by czuć strach.

Szlak biegł dalej między drzewa i stopniowo się zwężał, aż Peter nie miał już pewności, czy wciąż się na nim znajduje. Gałęzie uderzyły go w twarz i niemal przewrócił się na głaz. Uspokój się. Zmusił się, by się zatrzymać i wytężyć słuch, choć nogi drżały mu od pragnienia. Jednak gnanie na oślep przez las było głupim pomysłem. W ogóle jeśli chodziło o tego typu rzeczy, nie brakowało mu głupich pomysłów. Bogaty dzieciak wychowany w Nowym Jorku nie potrafił się odnaleźć w podobnych okolicznościach. Cassie też wychowała się w mieście, ale nie była ani bogatym, ani typowym miejskim dzieckiem. Gdy ją poznał, na jej półce wciąż dumnie prezentowały się uwielbiane i doszczętnie zaczytane książki o survivalu. Z Nowego Jorku zabrała tylko jedną z nich i oddała ją dzieciom Washingtonów. Poprosili ją wtedy, żeby im się w niej wpisała, jakby to ona była autorką. Wtedy uznał to za irytujące, ponieważ w tamtym okresie denerwowało go wszystko, w tym on sam. Teraz uważał ten gest za miły. Hank i Corrine byli dobrymi dzieciakami, tak samo jak Betka. Nie podobało mu się, że Washingtonowie postrzegali go wyłącznie jako samolubnego marudę, który zachowywał się mniej dojrzale niż ich syn i córka.

Na ścieżce z tyłu było cicho. Może eliksowie z Waterbury nie dostrzegli, dokąd się udał, a ten w tunelu pod torami – którego powinien był zabić, ale nie zrobił tego, bo był idiotą – chyba za nim nie pobiegł. Cóż, to dobrze, zważywszy że się zgubił i nie miał pojęcia, w którą stronę iść. Nasłuchuj samochodów na autostradzie i podążaj za dźwiękiem, zażartował z samego siebie. Był to kiepski dowcip, ale fakt, że był w ogóle zdolny dożartów, dowodził, że nauczył się czegoś od Nela i Cassie. Tamtych dwoje nigdy nie przestawało żartować.

Północ. Dopóki tylko podążał na północ, szedł we właściwą stronę. Było popołudnie, maszerował więc tak, by mieć słońce po swojej lewej stronie, i starał się utrzymać jak najprostszy kurs.

Zgodnie z mapą, jeśli utrzyma kierunek i nie wejdzie na żadne wzgórze, w końcu dotrze do drogi. Rzeczywiście tak się stało po czasie, który zdawał mu się wiecznością. Nie miał już wody, a jako że oszczędzał tę ostatnią puszkę pepsi, napełnił pustą butelkę w sztucznym stawie za wielkim, luksusowym domem, który miał równie wielki, wypełniony algami basen. Ktokolwiek tam mieszkał, był nadziany. Zastanawiał się, czy tam nie wejść, ale na jego widok do okna rzucili się eliksowie, z których jedna kobieta wciąż miała szmatkę do odkurzania w kieszeni fartucha. Odszedł. Kiedyś widok dowolnego eliksa go przerażał, jednak teraz zachowywał panikę tylko dla tych, którzy mogli go dosięgnąć. Lepiej było oszczędzać energię i adrenalinę, by móc z nich odpowiednio skorzystać.

Mijał kolejne eleganckie domostwa, choć żadne z nich nie było tak duże jak pierwsze. Tabletki jodowe musiały się zupełnie rozpuścić, zanim będzie mógł napić się wody, i odliczał już minuty. Fajnie byłoby mieć jeden z tych filtrów turystycznych, ponieważ działały szybciej i woda nie smakowała jodyną. Cieszył się jednak, że pomyśleli, by w każdym plecaku ucieczkowym umieścić tabletki. Paskudnie smakująca woda była lepsza niż taka, która mogła cię zabić.

Zatruli się podczas ucieczki z miasta, ponieważ on i Ana nie przefiltrowali wody. Mogli wtedy wszyscy zginąć. Kolejna kwestia do opisania w „Gdy Peter był Dupkiem. Księga Przypadków". Zmierzał właśnie do dziarskiej sesji samobiczowania, gdy uświadomił sobie, że ma dwie możliwości: albo wypominać sobie każdy błąd, albo też odpuścić sobie i po prostu być sobą. Nikt inny nie żywił do niego urazy, więc dlaczego on to robił w ich imieniu? Mógł zacząć na nowo z czystą kartą. Jeśli zdoła dotrzeć na farmę „Przyjdź królestwo Twoje", będzie mógł traktować się jak nowo narodzony.

Wszystko to było świetne, ale najpierw musiał dojść do głównej drogi, ponieważ mijane domy stały przy niewielkich, krętych uliczkach, których nie zaznaczono na mapie, podążył więc jedną z nich na zachód, aż dotarł do innej, biegnącej na północ. Później do kolejnej, która okazała się ślepa. Musiał zbliżyć się do głównej drogi, takiej, którą odnalazłby na mapie, nawet jeśli byłaby niebezpieczna.

Natknął się na skupisko przeciętnych domów. Podobały mu się bardziej niż tamte wielkie. Miał tu większą szansę trafić na rower w garażu i żywność w puszkach na półkach, tak samo jak w miejscu, w którym spędził pierwszych dwanaście lat życia. Jego rodzicom dobrze się powodziło, ale nie byli bogaci. Mieszkali w Westchester, w miłym domku z mnóstwem przestrzeni i wielkim podwórkiem, do tego z rowerami w garażu i zapasami jedzenia w spiżarni.

Przed domem pomalowanym odłażącą zieloną farbą stały dwa auta: pikap i sedan. Znajdował się tam również podwójny garaż. Peter miał nadzieję, że w związku z tym w środku jest pełno rupieci, wśród których znajdzie rower. Nie musiał się włamywać, ponieważ drzwi otworzyły się ze skrzypnięciem po naciśnięciu klamki i żaden stwór nie rzucił się na jego maczetę. Za zakurzonym stołem roboczym stał męski jednoślad w odpowiednim rozmiarze. Nadmuchał opony znalezioną pompką, po czym przypiął ją do roweru za pomocą jednej z licznych linek do bungee leżących w poplątanej stercie.

Ktokolwiek tam mieszkał, był flejtuchem, lecz ten flejtuch miał niemal wszystko, czego Peter potrzebował. Był to jego szczęśliwy dom. Może powinien poszukać więcej zapasów w części mieszkalnej? Klamka od drzwi frontowych przekręciła się gładko. Używając sprawdzonej metody wywoływania zombie, zawołał:

– Halo? Jest tam kto?

Rozległy się powolne, posuwiste kroki. Dwóch eliksów szło przez salon po wypłowiałym dywanie. Jeden pojawił się u szczytu schodów i momentalnie się po nich stoczył, z takim podekscytowaniem pragnął dostać się na dół. Peter nie czekał, by sprawdzić, czy uderzy w drzwi przedsionka. Nie dostrzegł w środku nic, czego potrzebowałby jakoś szczególnie, zwłaszcza że dysponował już wodą. Wypił kilka łyków, w tym czasie trupy uderzyły od drugiej strony w zamknięte drzwi. Nie spanikował, choć podskoczył. Następnie wsiadł na rower i ruszył w drogę. Zbliżała się szósta po południu, nadszedł więc czas, by wybrać jakieś miejsce na nocleg. Nie chciał, by noc zastała go na zewnątrz.

Gdy zbliżył się do głównej drogi, znalazł to, czego potrzebował: żółty piętrowy, niezamknięty na klucz dom. Gdy potwierdził, że nie ma w nim mieszkańców, zamknął drzwi i położył się na zielonej kanapie z plecakiem obok siebie. Burczało mu w brzuchu, ale nie potrafił zebrać w sobie dość energii, by zrobić cokolwiek innego, niż tylko zamknąć oczy. Nie zdjął kabury i nie odczepił maczety z biodra. Rozmyślał o tym, że tylko sześćdziesiąt kilometrów dzieli go od Betki i od Any, nawet jeśli można było odnieść wrażenie, że to tysiąc kilometrów. Jutro będzie na miejscu. Sześćdziesiąt kilometrów na rowerze to żaden problem.

Rozdział 6

Zamierzał coś zjeść, ale obudził się dopiero, gdy zaczęło świtać. W pozbawionej okien łazience mógł bezpiecznie użyć latarki, by przyjrzeć się swoim zapasom żywności. Wybrał duże opakowanie brei, bo umierał z głodu. Napisano na nim „ravioli z wołowiną" i być może w alternatywnej rzeczywistości istotnie tak było. Mógł jednak trafić gorzej – widział kiedyś okropny gulasz i cieszył się teraz, że nie musi go dziś jeść. Pochłonął zawartość i otworzył paczuszkę z napisem „ciastko do tostera". Okazało się naprawdę smaczne. Szkoda, że nie wszystko było tostami Pop-Tarts.

Użył wyschniętej toalety. I tak przecież nikt się nie poskarży. Gdy opuszczał łazienkę, zrobiło się już wystarczająco jasno, by móc wyjść na zewnątrz. W szafkach kuchennych niczego nie znalazł. Nie przeszkadzało mu to, bo miał żywność na kilka dni. Potrzebował natomiast wody, ponieważ w litrowej butelce w plecaku zostało jej niewiele. Wziął pustą butelkę, by napełnić ją z najbliższego źródła. Zastąpiła tę, którą bezmyślnie zostawił w pikapie.

Powietrze okazało się gęste od mgły, która mogła mu pomóc w ukrywaniu się przed eliksami. Działało to jednak w dwie strony, więc pedałował na tyle wolno, by móc zatrzymać się w razie potrzeby, a jednocześnie na tyle szybko, by pokonywać odległość w rozsądnym tempie. Jadąc dwupasmową szosą, mijał wiejskie domy i pola tak zarośnięte, że wyglądały jak łąki z dzikimi kwiatami. Natknął się na karambol. Samochody ustawione były tak, jakby ktoś specjalnie je przesunął, torując drogę dla przejeżdżających aut. Spostrzegł także grupę eliksów. Poruszanie się rowerem robiło jednak ogromną różnicę. Peter przemknął obok nich i zanim się zorientowali, że pojawiło się śniadanie, już dawno go nie było.

Mgła przerzedziła się i ukazało się błękitne niebo z puchatymi chmurami. Na horyzoncie zamajaczył szyld stacji benzynowej. Peter postanowił poszukać tam wody. W sumie zadowoliłby się dowolnym napojem. Znajdował się już niedaleko skrzyżowania z mniejszą drogą, którą zamierzał kierować się na północ. Tam zapewne nie znajdzie przy niej sklepów.

Drzwi do sklepu na stacji okazały się zamknięte na klucz. By wejść do środka, musiałby rozbić szybę, gdyby już ktoś tego wcześniej nie zrobił. Dobrze, że nie musiał hałasować, ale jednocześnie oznaczało to zapewne, że wewnątrz nie znajdzie nic wartościowego. Mimo to przestąpił otwór i przeszedł po pokruszonym szkle obok ogołoconych z jedzenia półek w lodówkach stojących na końcu sklepu. Na stanie znalazł jedynie zepsute mleko i sok pomarańczowy. Peter westchnął. Właśnie dopił resztę wody i wciąż był spragniony. Pochylił się, by rozejrzeć się po dolnych półkach, i wydał z siebie cichy okrzyk radości. Z tyłu leżała jedna przewrócona mała butelka wody.

Odkręcił zakrętkę i pozwolił sobie wypić jedną czwartą, po czym wsunął pojemnik do bocznej kieszeni plecaka i skierował się do wyjścia. Zaraz za drzwiami przy jego rowerze węszył eliks. Naprawdę węszył, jak pies. Obrócił głowę krótkimi, urywanymi ruchami i stęknął, gdy zauważył Petera. Zabrzmiało to niemal jak przywitanie. „No cześć, jak się masz? Tak sobie pomyślałem, że cię zjem". Peter wyjął maczetę z pochwy i ruszył na spotkanie nowego kolegi. Ranił eliksa w bok szyi i wyszarpnął ostrze.

Chodziło o to, by odciąć głowę, ale jeśli trafiło się tuż pod żuchwę i cios skierowany był lekko w górę, dało się wykonać zadanie nieco mniejszym wysiłkiem. Peter przypuszczał, że niszczyło się tam wystarczającą część mózgu, by poskromić stwory na dobre. Oczyścił klingę o trawę i przerzucił nogę przez ramę roweru. Wiał lekki wietrzyk, dzięki czemu Peterowi nie robiło się nieznośnie gorąco w wielowarstwowej odzieży, nawet jeśli pomiędzy plecami a plecakiem tworzyła się solidna warstwa potu.

Tuż przed nim droga delikatnie skręcała. Peter zbliżał się do zakrętu. Wciąż był ranek, miał cały dzień przed sobą. Piętnaście kilometrów na północ leżał park stanowy z jeziorem, w którym mógł uzupełnić zapas wody. Zagwizdałby cicho, gdyby umiał to zrobić.

Kiedy był w połowie drogi do parku, wydawało mu się, że usłyszał coś w lesie. Zatrzymał się na środku szosy i nie schodząc z roweru, wytężył słuch. Od tyłu dobiegł go trzask. Obrócił się i ujrzał eliksów wylewających się na drogę. Były ich dziesiątki. Oparł stopy na pedałach i nabrał prędkości, by zaraz za zakrętem natknąć się na kolejną grupę. Wydawali się stanowić jedność z wcześniejszym skupiskiem. Peter musiał znaleźć się w środku jednego z tych wędrownych stad, przed którymi ostrzegał ich Zeke. Wjechał w sam środek eliksowego huraganu.

Ich szeregi były zbyt zwarte, by dało się przejechać pomiędzy nimi. Mógł zostawić rower i umknąć do lasu, ale wyglądało na to, że tam było ich więcej. Wiatr już go nie chłodził. Peter zamienił się w drżący, spocony kłębek nerwów. Właśnie na takie sytuacje oszczędzał adrenalinę. Jedyną alternatywą wydawał mu się widoczny po prawej stronie plac kempingowy oznaczony szyldem „Elmore Estates". Oznaczało to, że musi najpierw skierować się w stronę kuśtykającej, powarkującej grupy idącej na niego. Nie miał innego wyjścia.

Pedałując zaciekle, wpadł na kilku eliksów. Para brudnych łap zacisnęła mu się na kierownicy i Peter stracił panowanie nad rowerem. Zdołał uniknąć upadku i dobiegł do wjazdu na plac. „Elmore Estates" składało się z szosy tworzącej pętlę. Po jej obu stronach umieszczono stanowiska dla przyczep. Cały kompleks otaczało ogrodzenie z siatki, w które wpleciono zielone płachty zapewniające prywatność. Park wyglądał na dobrze utrzymany, choć kwiaty w donicach już uschły, część drzwi kołysała się na zawiasach, a śmieci walały się po jego terenie.

Peter skręcił w prawą odnogę. Przyczepa z wyważonymi drzwiami na nic mu się nie przyda, a gdyby to on musiał je wyważyć, sam pozbawiłby ją użyteczności. Podbiegł do otwartego okna czwartej przyczepy po lewej stronie i przeciął moskitierę maczetą w tej samej chwili, gdy stado eliksów pojawiło się w polu widzenia. Mogli go dostrzec. Wrzucił do środka plecak, wszedł do kryjówki i zamknął okno.

Znalazł się w pustym salonie, z którego prowadziło szerokie przejście do równie pustej kuchni. W ciemnym korytarzu znajdowało się troje zamkniętych drzwi. Na razie miało mu to wystarczyć, więc przykucnął i zakradł się do okna, przez które się tu dostał. Oparł dłoń na oparciu kanapy obitej kwiecistą tkaniną i podniósł oczy na parapet. Przywitał go widok żółtych zębów poplamionych czarną mazią i gałek ocznych pozbawionych powiek. Peter cofnął się, gdy eliks uderzył szkieletową dłonią w szybę. Wiedzieli, że znajdował się w środku. Wiedzieli, a to oznaczało, że nie spoczną, dopóki nie znajdą się w przyczepie. Zupełnie jakby w reakcji na tę myśl dolna połowa innego okna stała się ciemna od dłoni potworów, a drzwi wejściowe zagrzechotały.

Peter wypełzł z pokoju, ciągnąc za sobą plecak, po czym podniósł się, by ruszyć dalej korytarzem. Pomieszczenie na końcu wydawało mu się najbardziej obiecujące. Może zdoła wydostać się tam przez okno i przedostać się do innej przyczepy? Może jakimś cudem uda mu się przeskoczyć przez ogrodzenie? Nie miał pojęcia, na co natknąłby się po drugiej stronie, ale i tak musiało to być lepsze, niż czekanie na śmierć w przyczepie-trumnie.

Przekręcił klamkę i otworzył gwałtownie drzwi, trzymając maczetę w gotowości. Ujrzał łóżko z tanią narzutą, pod nią zaś sylwetki najprawdopodobniej starszego mężczyzny i kobiety, którzy skurczyli się po śmierci. Peter dostrzegł zmarszczki, które na przestrzeni lat wyryły się w ich skórze. O posłanie stał oparty karabin Ruger Scout – mężczyzna rozpoznał go, ponieważ taki sam miał John. Obok broni dostrzegł pudełko z amunicją. Dodatkowa broń nie zaszkodzi. Peter wsunął naboje do plecaka, przerzucił sobie pasek karabinu przez ramię i podszedł do okna.

Pomiędzy zapleczami przyczep rozciągał się odcinek wysokiej trawy. Nikt jeszcze na nią nie wszedł, dało się jednak dostrzec eliksów na asfalcie po drugiej stronie pętli. Gdyby zdołał się dostać do jednej z tamtych przyczep od tyłu, mogliby tutaj do woli wyważać drzwi. I niewątpliwie zamierzali to zrobić, słyszał bowiem trzask drewna dobiegający z drugiego końcadomu na kółkach.

Podniósł okno i odsunął moskitierę. Szybko się rozejrzał, upewniając się, czy może bezpiecznie biec, po czym skupił się na oknie dwie przyczepy dalej. Nie dostrzegał odbicia światła za moskitierą, co pozwalało sądzić, że było otwarte. Jeśli okaże się inaczej, jeśli będzie musiał rozbić szybę, może zginąć. Dobrze wiedział, że jeśli tu zostanie albo spróbuje pobiec w stronę ogrodzenia, umrze i tak.

Postawił stopy na parapecie i wyskoczył, po czym pobiegł pochylony pomiędzy tyłami przyczep. Moskitiera rozdarła się pod ostrzem maczety. Wrzucił do środka plecak i z hukiem poszedł w jego ślady. Leżał przez chwilę na podłodze, próbując usłyszeć cokolwiek oprócz własnego dudniącego serca, jednak odgłosy eliksów się nie zbliżały. Kiedy zamykał okno, to zaskrzypiało głośno. Miał wrażenie, że ów dźwięk niósł się echem kilometrami. Następnie milimetr po milimetrze opuścił roletę. Udało mu się. Oparł się o ścianę i zamknął oczy.

Otworzył je gwałtownie, słysząc trzeszczenie w korytarzu. Przyczepa miała taki sam układ jak pierwsza, w której się znalazł. Wszedł od tyłu do identycznej sypialni jak ta, przez którą stamtąd wyskoczył. Maczeta leżała na podłodze. Poczuł taką ulgę, że jest bezpieczny, że zapomniał, iż w środku może być równie groźnie. Kolejne głupie posunięcie w wykonaniu słynnego Petera. Cóż, uczył się na błędach, ale wyglądało na to, że z trudem wyciągał lekcje.

Kolejne skrzypnięcie dochodzące z korytarza. Lepiej zobaczyć, kto idzie, by móc dalej cieszyć się kryjówką, zamiast utknąć w rogu sypialni. Peter zbliżył się do drzwi. Potrzebował kilku sekund, by jego oczy dostosowały się do mroku. Korytarzem kuśtykał mały chłopiec. Miał nie więcej niż pięć lat. Ubrany był w piżamę ze statkami kosmicznymi. Nie wydawał się słodkim dzieckiem, ale po pucołowatych policzkach i kręconych ciemnych włosach okalających twarz można było stwierdzić, że dawniej był uroczy.

Peter rozważał, czy nie wepchnąć go do pokoju i nie zamknąć go tam, żeby nie musiał go zabijać, jednak gdy w grę wchodzą zombie, nie można kierować się sentymentami. Może w przypadku ludzi, jak tamtego faceta pod mostem, było inaczej, ale te stwory to inna historia. Wycofał się do sypialni. Chłopiec stanął w świetle słońca wpadającego przez okno. Zgrzytał dziecięcymi ząbkami i patrzył rozszalałym wzrokiem. Na jego bluzce od piżamy widniał napis „Jeden wielki krok do łóżka". Zapewne uwielbiał w niej spać. Peter na pewno by lubił, gdyby był dzieckiem.

– Przepraszam – wyszeptał i pchnął maczetą w lewe oko.

Malec legł na boku, jakby spał. Jedną dłoń trzymał przy twarzy, a druga owinęła się wokół okrągłego brzuszka. Peter stał przez chwilę nad ciałem, po czym zamknął za sobą drzwi, by przeszukać resztę przyczepy. Sypialnia chłopca była pomalowana na niebiesko. Znajdowało się w niej mnóstwo zabawek, a na ścianie drewnianymi literami napisano „Jonah". Wszystkie rolety w kuchni i salonie były opuszczone i Peter nie natknął się tam na nikogo więcej. Zastanawiał się, jakim cudem Jonah znalazł się tu całkiem sam. Czy rodzice zostawili go, by umarł, nie zdając sobie sprawy, czym się stał? A może udali się po pomoc i sami zostali zamordowani? Albo wiedzieli, ale nie potrafili się zmusić, by go zabić? Peter wyobrażał sobie rozmaite scenariusze. Miał tylko nadzieję, że Jonah nie bał się umierania w samotności.

Tym razem tak mocno przygryzł sobie policzek, że poczuł smak żelaza, jednak ból, jaki odczuwał, wciąż nie mógł się równać z kłuciem w sercu. Tak wielu ludzi odeszło z tego świata w strachu i poczuciu osamotnienia, płacząc za rodzicami, mężami, żonami, dziećmi. Podobnie jak zapewne płakała Jane, siedząc w samochodzie rodziców otoczona płomieniami. Peter osunął się na krzesło przy kuchennym stole, położył głowę na dłoniach i pozwolił, by po jego policzkach popłynęły łzy.

* * *

Płacz nie był najlepszym pomysłem. Może i Peter poczuł się lepiej pod względem emocjonalnym, ale czuł większe pragnienie niż wcześniej. W małej butelce z wodą zostało dwie trzecie zawartości. Staranne przeszukanie kuchni pozwoliło mu znaleźć jedynie oranżadę w proszku, masło orzechowe i kilka opakowań krakersów. Kurwa, świetnie, już miał krakersy. Słone krakersy, od których chce się pić.

Wyjrzał przez rolety i ujrzał, że teren jest pełen eliksów. Musieli przebić się przez pierwszą przyczepę i nic nie znaleźli, a teraz stali albo błąkali się bezcelowo. Jeden oparł się ręką o ściankę przyczepy i opuścił głowę, jakby rozmawiał z atrakcyjną dziewczyną na imprezie. Peter obszedł wnętrze i sprawdził każde możliwe wyjście, ale nie natknął się na ani jedno miejsce, przy którym nie znajdowałoby się choć kilka stworów. Miał bardzo nikłe szanse, żeby dostać się do ogrodzenia od przeciwległej strony.

Woda, na której łyk sobie pozwolił, okazała się przepyszna. Opłukał nią wyschnięte wnętrze ust i przełknął. Postanowił ich przeczekać. Na pewno w którymś momencie zdekoncentrują się i odejdą. Wyglądało na to, że stada lubiły się przemieszczać. Miał nadzieję, że nastąpi to, nim on sam poczuje nadmierne pragnienie. Jak długo da się przeżyć bez wody? Dwa dni? Trzy? Może dłużej, ale osłabiony z powodu odwodnienia na pewno nie zdoła prześcignąć eliksów.

Usiadł na skórzanej kanapie stojącej w salonie. Wisiało tam kilka zdjęć rodziny z Jonah na pierwszym planie. Oprócz malca byli też mama i tata, jednak to jego matka ewidentnie zarządzała wystrojem wnętrza. W salonie wisiały odbitki obrazów przedstawiających kwiaty w wazonach, a na dwóch małych stolikach stały bukieciki sztucznych kwiatów. W pokoju znajdowały się również stolik kawowy i domowe centrum rozrywki w złoto-czarnej tonacji.

Peter musiał się wysikać i szedł już do łazienki, gdy uświadomił sobie, że raczej powinien zachowywać płyny. Rozejrzał się i znalazł dzbanek z przykrywką. Wykonano go z przejrzystego plastiku i gdy Peter już skończył i przyjrzał się żółtemu płynowi w środku, zrobiło mu się nieprzyjemnie. Nie potrafił sobie wyobrazić, że stałby się na tyle spragniony, by to wypić. Jednak nigdy nie wiadomo, do jak desperackich czynów może posunąć się człowiek, dopóki nie znajdzie się w kryzysowej sytuacji. Może mógłby tam dosypać oranżadę w proszku... Pokręcił głową. Będzie się nad tym zastanawiał, gdy – i jeśli – przyjdzie co do czego. Na razie wciąż miał wodę i racje MRE, które mogły zawierać coś płynnego. Otworzył opakowanie z jedzeniem i ujrzał między innymi saszetki z mostkiem wołowym, sucharami, ciastkami, krakersami oraz masłem. Nawet gdyby się postarali, nie zdołaliby stworzyć suchszego zestawu. Wszechświat znów sprzysiągł się przeciwko niemu. Tego dnia daleko nie zawędrował, ale był zmęczony, więc zgarnął narzutę z oparcia kanapy, zawinął się w nią, położył na boku i zasnął.

Gdy się obudził, było popołudnie. Wciąż czuł pragnienie. Co za niespodzianka. Zajrzał znów do pojemnika, z którego już ohydnie śmierdziało, po czym upił łyczek wody. Eliksowie wciąż znajdowali się na zewnątrz. Świetnie byłoby znaleźć jakiś sposób, żeby odwrócić ich uwagę. Przeszedł na tył, gdzie celowo ominął wzrokiem leżącego Jonah, ale nie miał jak otworzyć okna i rzucić czymś w dal w taki sposób, by go nie zauważyli. Plan się posypał.

Na regałach w salonie było pełno romansów. Ewidentnie tata chłopca również był fanem tego gatunku, albo w ogóle nie przepadał za literaturą. Peter wybrał książkę, w której nie występowały żadne dziedziczki i tym podobne, i usiadł, by poczytać, zanim się ściemni. Gdy światło sączące się przez rolety stało się zbyt słabe, odłożył powieść na bok. Jego apokaliptyczne lektury stały się dość dziwne. Nic dziwnego, że Cassie upierała się, by targać ze sobą książki. Zapewne była to jedna z tych survivalowych strategii, o których wiedzieli tylko ona i John.

Położył się i zamknął oczy, ale był w stanie myśleć tylko o parze z romansu. Spotkali się na imprezie, zakochali się w sobie od pierwszego wejrzenia i przeżyli burzliwy romans. Dziewczyna dowiedziała się, że jest w ciąży, i nie powiedziała facetowi, ponieważ gdyby został ojcem w wieku dwudziestu czterech lat, zrujnowałby sobie świetlaną przyszłość. Zatem wychowywała dzieciaka w jakimś miasteczku na odludziu, podczas gdy on szukał jej przez dwa lata. Oczywiście zamiast ucieszyć się, gdy ją odnalazł – bo przez cały czas marzyła tylko o nim i wpatrywała się w oczy syna, które były „zupełnie jak jego ojca” – zatrzasnęła mu drzwi przed nosem. Doprowadziło go to do szału. Sam Peter też nie był mistrzem utrzymywania stabilnych relacji, ale już bez przesady.

Dlaczego poświęcał tyle czasu na myślenie o tej głupiej historii? Może pragnienie mąciło mu już w mózgu. Pozwolił sobie na jeden łyk i znowu zamknął oczy. Tym razem zastanawiał się, co zrobi, gdy ujrzy Anę – oczywiście jeśli dziewczyna nie zatrzaśnie mu drzwi przed nosem, jak niektóre fikcyjne postacie. I jaką minę zrobi Nel, gdy Peter wręczy mu tę zachowaną puszkę pepsi.

Usiadł i pokręcił głową. Jak mógł zapomnieć o tym napoju? Wyciągnął go z plecaka i postawił na stoliku kawowym. Widział, jak puszka lśniła w ciemności i jaka była piękna. Zbyt piękna, żeby zostawić ją na stoliku. Przycisnął ją do piersi i zapadł w sen.

Następnego ranka nic się nie zmieniło: eliksowie byli na zewnątrz, mocz – w pojemniku. Trochę krakersów z serkiem topionym, łyk wody. Przynajmniej para z książki wreszcie się zeszła. Sięgnął po kolejną powieść i wywrócił oczyma, gdy rozpoczęła się seria nieporozumień. Potrafił jednak zrozumieć, dlaczego ludzie czytali takie rzeczy – wiadomo było, że skończą się dobrze. W prawdziwym świecie nie można było nikomu tego obiecać, a już na pewno nie w tym świecie. Można żyć nadzieją, że jakoś się ułoży, ale nic tego nie gwarantuje. Peter postanowił jednak w to wierzyć. Wciąż miał pepsi, trochę wody i tyle krakersów, by napchać się nimi po uszy.

Postacie w książce nieustannie coś piły i Peter zaczął podejrzewać, że osoba, która ją napisała, zrobiła to specjalnie, by go dręczyć. Wino, napoje gazowane, szklanki wody z lodem – nic, tylko się tym rozkoszować. A tamci w ogóle tego nie doceniali. Położył powieść na kolanach i wpatrywał się w pepsi. Uznał, że otworzy ją i weźmie łyk, a resztę przeleje do pojemnika, by nie wyparowała.

Uchylił zawleczkę i wziął dwa łyki.

– Wystarczy – powiedział na głos i zmusił się, by przestać. Czy lepiej było wydudlić wszystko i później cierpieć, czy też powoli umierać z pragnienia, sącząc małymi łyczkami? Zdecydował się na to drugie rozwiązanie. Przynajmniej w ten sposób jego ciało zdoła wykorzystać płyny, zamiast tylko uzupełnić jego zasoby moczu. Miał nadzieję, że kofeina i cukier nie pogorszą sytuacji.

Do późnego popołudnia i trzeciego romansu eliksowie wciąż się nie poruszyli. Kiedy zapadła noc, Peter był już tak spragniony, że pozwolił sobie na dokończenie wody, którą popił mostek wołowy. Danie nie zdobyłoby żadnych nagród kulinarnych, ale i tak okazało się znacznie bardziej płynne, niż przypuszczał. Mógł zatem czekać z nadzieją na jutro, na trzeci dzień niewoli w towarzystwie niemal pełnej puszki pepsi.

Kolejny dzień, kolejne romansidło. Do południa Peter nie potrafił już myśleć o niczym innym niż o napojach. Wypiłby nawet z chęcią sok śliwkowy, którego dotychczas nienawidził. Po kilku łyczkach pepsi o pierwszej po południu zrobił się tak spragniony, że kilka godzin później zdecydował się na zanurzenie języka w plastikowym pojemniku. Był zmęczony, bardziej zmęczony, niż powinien być człowiek, który całymi dniami siedzi i czyta romanse. Gdy słońce opadło za horyzont, opadły również powieki Petera.

Rankiem zorientował się, że ma sklejone usta. Zerknął na sto pięćdziesiąt mililitrów pepsi, która stała na kuchennym blacie obok znacznie większej ilości moczu. Domyślał się, że to drugie nabierze uroku, kiedy gazowany napój już się skończy. No dobrze, może nie uroku, ale lepsze to niż nic.

Sześćdziesiąt mililitrów rano, trzydzieści po południu, trzydzieści wieczorem i zostawało trzydzieści nakolejny dzień. Uważał za niesamowite, że wciąż udaje mu się sikać do pojemnika. Skąd jego ciało brało ten płyn? Dlaczego go nie zużywało? Miał ochotę uderzyć się w pęcherz, lecz zamiast tego czytał na zmianę z drzemkami, a gdy nadeszła noc, zasnął.

Resztka pepsi piątego dnia wydawała mu się słodko-gorzka. Napój się skończył. Peter zignorował pojemnik na blacie i zjadł zawartość opakowania z sosem barbecue, który znalazł w zestawie MRE. Sos wilżył mu usta, ale sól zapewne pogorszy sprawę. Ssąc miętówkę wchodzącą w skład racji żywieniowej, wpatrywał się w sufit. Nie miał pojęcia, czy to jego wyobraźnia, czy też naprawdę był słaby i zmęczony. Nie miał żadnej energii. Czy to dlatego, że był odwodniony, czy też powodem takiego stanu rzeczy była świadomość, że umrze wcześniej niż pozostający na zewnątrz eliksowie? Nie wiedział.

Zwyciężą.

Na tę myśl usiadł. Nie, nie zwyciężą. Niech się pierdolą. Zamierzał znowu ujrzeć Betkę. Jeśli następnego dnia znów tu będą, wypije trochę moczu z oranżadą w proszku i pobiegnie. Wszystko się dobrze skończy. Położył się z powrotem i odpłynął w sen, w którym widział kapiące krany i lodówki pełne lodowatych napojów.

Obudził się o świcie, myśląc o podgrzewaczach wody. Nawet jeśli był to sen, nie pamiętał go. Zamglony mózg błagał go o jeszcze kilka minut odpoczynku. Nie było sensu spieszyć się z kolejną płynną pozycją w menu. Niech poczeka na wielki finał.

Podgrzewacze wody.

Peter zerwał się z kanapy tak szybko, że wazon stojący na dużym stoliku kawowym spadł na podłogę i się rozbił. Przeklął i wyjrzał przez rolety. Przynajmniej eliksowie nie usłyszeli.

Cassie i John często prowadzili ożywione dyskusje na temat rozmaitych taktyk przetrwania. Podgrzewanie kamieni w ognisku i zakopywanie ich pod cienką warstwą ziemi w zaimprowizowanym schronieniu, by oddawały ciepło, rozpalanie ognia bez zapałek, tego typu rzeczy. Jeśli się nad tym zastanowić, to oboje wydawali się nieco postrzeleni. Peter przypomniał sobie jednak rozmowę o podgrzewaczach wody. Nawet gdy wodociągi nie dostarczały wody, pozostawała ona w zbiorniku podgrzewacza. W każdym domu znajdowały się litry wody pitnej do wykorzystania. Niepewnym krokiem ruszył korytarzem i znalazł podgrzewacz w schowku, w którym stały też pralka i suszarka. Nie był duży, jednak sto parę litrów to mnóstwo wody. Z taką ilością zdoła przetrzymać inwazję eliksów.

Na dnie dostrzegł kurek – teraz potrzebował miski, którą znalazł w kuchni. Dłoń trzymająca naczynie drżała, gdy przekręcał kurek, czekając na strumień chłodnej, orzeźwiającej wody. Cienka strużka poleciała do miski i się urwała. Peter postanowił wypić wodę, zanim zrobi coś głupiego, na przykład ją rozleje. Była tak smaczna, że aż jęknął, ale tylko wzmogła w nim pragnienie. Niemożliwe, że nie zostało jej tam więcej. Gdyby nie to, że musiał oszczędzać każdą kroplę płynu w ciele, rozpłakałby się z frustracji. Musiała tam być woda.

Nagle sobie przypomniał – chodziło o różnicę ciśnień. Czasami trzeba było otworzyć kran albo zawór, żeby woda mogła płynąć. Zamknął kurek. Odkręcił kran w łazience, usiadł z miską i czekał. Nic. Zaczynał się porządnie wkurzać. W środku była woda i należała do niego. Jeśli będzie musiał, rozpruje zbiornik, by się do niej dostać.

Zaczął jednak od wyrwania rurki od gorącej wody u szczytu, ponieważ nie mógł znaleźć jakiegoś zaworu, o którym wspominał John. Zmówił bezgłośną modlitwę, przekręcił kurek i odetchnął, gdy do miski poleciał solidny strumień. Nie była to najczystsza woda na Ziemi, bo na dnie naczynia widział małe drobinki kamienia, ale nie były to też siuśki, a to mu wystarczało. Wysączył, co miał w misce, i poszedł po dolewkę. O Boże, ale ta woda była przepyszna! Później przeleje część zawartości podgrzewacza do mniejszych zbiorników, by sprawdzić, jaką ilością płynów dysponuje, ale na razie pragnął tylko kolejnych łyków. Słusznie wcześniej przypuszczał, że cała sytuacja skończy się dobrze. I już nigdy nie zamierzał wyśmiewać się z Cassie i Johna.

Gdy zapadł zmrok, wydawało mu się, że dostrzega na zewnątrz znacznie mniej eliksów, ale nie widział w ciemności dostatecznie dobrze, by mieć pewność. Przygotował plecak na wypadek, gdyby mógł rankiem ruszyć, i wcisnął do środka czytaną książkę. Wiedział, że dobrze się skończy, ale i tak chciał ją przeczytać do końca.

Następnego dnia zrobił sobie oranżadę z proszku, której nigdy nie pił w dzieciństwie. Zdaniem mamy była tak zła jak trucizna. Rozkoszował się każdą kroplą, którą popijał krakersy. Naprawdę zostało znacznie mniej eliksów. Może kilkudziesięciu, na dodatek rozproszonych. Zdołałby ich przegonić, zwłaszcza jeśli na drodze przed wejściem wciąż znajdował się jego rower.

Postukał palcami w blat kuchenny i wymieszał więcej napoju. Musiał wkrótce ruszać. Spędził tu niemal tydzień, co oznaczało, że zbliżał się październik. Gdyby znowu tak utknął, mógłby go zastać śnieg i wtedy nie zdołałby dotrzeć na miejsce. Choć gdyby eliksowie zamarzli przed nim, mógłby bez przeszkód dojść na farmę. Wiedział jednak, że liczenie na coś podobnego przy braku ogrzewania było ryzykowne. Teraz miał dużo większe szanse. Upewnił się, że spakował pełne butelki, wylał mocz do zlewu i opróżniony zamykany dzbanek po nim napełnił oranżadą. Okazała się całkiem niezła, choć nigdy nie podałby jej

Betce. Przeczytał skład na opakowaniu i uznał, że mama miała rację.

Peter zapiął plecak, zarzucił karabin na ramię i chwycił maczetę. Następnie podszedł do drzwi, odetchnął głęboko i wybiegł na asfalt. Pchnął jednego zombie, który znalazł się zbyt blisko, uchylił się przed innymi i przemknął obok domków, które mijał, gdy tu dotarł. Rower leżał na boku tam, gdzie go zostawił. Obejrzał się za siebie, by upewnić się, że ma czas, i chwycił kierownicę. Pobiegł, prowadząc rower, ominął nielicznych stworów, znajdujących się na drodze, po czym wsiadł na siodełko i popedałował jak szaleniec, z każdym obrotem kół zwiększając dystans. Lusterko przy kierownicy wykrzywiło się w momencie upadku, jednak teraz poprawił je w samą porę, by dostrzec, że potwory wychodzące z pola kempingowego dotarły właśnie do drogi.

– Pocałujcie mnie w zupę! – zawołał, po czym skupił wzrok na drodze przed sobą i już nie patrzył w tył.

Do południa zostało mu mniej niż piętnaście kilometrów. Wypita woda i oranżada zmusiły go do zrobienia sobie kilku przystanków, ale i tak miał dobry czas. Przejechanie czterdziestu pięciu kilometrów wydawało się niczym w porównaniu z wcześniejszymi etapami podróży, ponieważ tylko sporadycznie napotykał eliksów. Czuł jednak ból w udach od jazdy pod górę. W kilku miejscach samochody zostały zepchnięte na bok, teraz zaś, tak blisko farmy, droga była już zupełnie czysta. Miał nadzieję, że pozostali też tędy jechali i że pikap dowiózł ich na miejsce.

Tuż przed maleńkim miasteczkiem dętka pękła mu z donośnym trzaskiem. Peter użył stóp, by wyhamować, o włos unikając paskudnego upadku, po czym spojrzał na chmury unoszące się na niebie.

– Serio? – spytał je.

Dętka zniszczyła się tak, że nie dałoby się jej załatać. Zresztą i tak nie miał narzędzi. Próbował jechać na nienapompowanym kole, ale maszerując, przemieszczał się szybciej. Kiedy jechał z dużą prędkością, plecak nie przeszkadzał mu zbytnio, gdy jednak starał się utrzymać na uszkodzonym rowerze, chwiał się jak Cassie ucząca się jazdy. Była taką niezdarą. Jak można nie umieć jeździć na rowerze? Teraz już umiała. Nauczył ją wraz z Betką.

Tego lata Cassie nabrała jednak nieco gracji i nie chodziło tylko o to, że ogarnęła rower. Wciąż czasami deptała ludziom po stopach i przynajmniej raz w tygodniu coś wylewała – to się nigdy nie zmieni. Teraz jednak potrafiła walczyć. Jej oczy lśniły jaskrawą zielenią, gdy pojawiało się zagrożenie, a stanowczo zaciśnięte usta nie pozostawiały wątpliwości, że zabije, jeśli będzie musiała. Może zmieniło ją to, że zastrzeliła Neila, a także, że Ana ciągle domagała się partnerki do sparingów. Gdy obserwowało się je dwie ćwiczące razem, gdy widziało się oczy Any w kolorze ciemnego złota rzucające jeszcze bardziej mordercze spojrzenia niż Cassie, naprawdę można było się cieszyć, że jest się po ich stronie.

Wyobrażając sobie obie kobiety, Peter nabrał jeszcze większej pewności, że są bezpieczne. Były gotowe zabić wszystko, co wejdzie im w drogę. Stanął na betonowej nawierzchni i zaczął iść. Droga była czysta, słońce świeciło jasno, a drzewa miały intensywniejsze barwy niż w południowej części Vermont. Pola chwastów znajdujące się w miejscach, gdzie powinny rozciągać się pola kukurydzy, pszenicy czy co tam tutaj uprawiano, stawały się brązowe. Stado gęsi przeleciało mu nad głową w chaotycznie utworzonym kluczu. Był wspaniały jesienny dzień. W takie dni ludzie płacili kiedyś spore pieniądze, by móc odwiedzić tę okolicę.

Na obrzeżach miasteczka trzymał się tak blisko cienia jak mógł. Nie chciał zwracać na siebie uwagi eliksów, którzy z pewnością się tu czaili. Ze zdziwieniem stwierdził jednak, że tutejsze błonia są puste. Osada wydawała się wymarła, ale w pozytywnym sensie. Na sklepie wielobranżowym, który widział przed sobą, wisiał szyld zachęcający do brania benzyny i żywności ze środka, a także informujący, że na farmie „Przyjdź królestwo Twoje" dostępne jest zakwaterowanie. Szedł dalej drogami gruntowymi, minął gospodarstwo z solidnie wyglądającym ogrodzeniem, a następnie skręcił w lewo w Kingdom Road. Tak wiele razy słuchał przez radio wskazówek, że mógłby recytować je słowo w słowo.

Przy drodze stała chata na palach. Zszedł z niej facet z jasnymi włosami spiętymi w kucyk. Miał nie więcej niż dwadzieścia lat i trzymał w ręku karabin.

– Hej. Jestem Caleb.

Uścisnął dzieciakowi dłoń.

– Peter.

– Przychodzisz na dłużej?

– Tak sądzę. – Peter podniósł wzrok na kobietę o krótkich ciemnych włosach, która stała na podeście chaty, mierząc w jego głowę z karabinu. Kąciki jej ust uniosły się w reakcji na jego uśmiech. – To była długa podróż.

– Widać to po tobie, stary – skomentował Caleb ze śmiechem.

Peter uprał dżinsy u Chucka, żeby były czyste na podróż, która miała trwać jeden dzień. Zrobiły się brązowe, a wystająca spod kurtki koszula prezentowała się niewiele lepiej.

– Potrzebujesz podwózki do bramy? – zapytał Caleb, wskazując pikapa. – To jakieś czterysta metrów.

Dwie minuty później Caleb zostawił go pod metalową bramą wraz z gościem o imieniu Dan, który otworzył mu boczne drzwiczki. Facet uścisnął mu dłoń i przedstawił go kobiecie oraz mężczyźnie siedzącym przy składanym stoliku. Peter był tak skupiony na swoim następnym pytaniu, że nie zapamiętał ich imion.

– Zwykle mamy tu auto – powiedział Dan. – Ale dzisiaj ktoś je zabrał. Mogę się z tobą przejść, jeśli chcesz. To niedaleko.

Peter skinął głową. Wszyscy wyglądali na takich spokojnych, jednak on nie potrafił się odprężyć, dopóki nie zyska pewności. Ściągnął kurtkę i zawiesił ją na pasku plecaka, pocąc się bardziej niż podczas jazdy rowerem.

– Czy ktoś nazwiskiem Cassie Forrest przyjechał tu wraz z grupą ludzi? Znają Adriana.

Zmarszczki wokół oczu Dana pogłębiły się, gdy się uśmiechnął.

– Pewnie. Dotarła tu jakiś miesiąc temu. Razem z Betką i pozostałymi. Znasz ich?

Betka tu była. Peter poczuł taką lekkość, że mógłby przysiąc, iż jego buty oderwały się od ziemi. Nagle oczy zaszły mu mgłą, ale tym razem nie przygryzł policzka, żeby zatrzymać łzy. Betka tu była. Nie pytał, kim są pozostali, na wypadek gdyby Dan kogoś przypadkiem pominął. Bał się dopytywać o Anę. Jeśli było źle, to wolał, żeby powiedziała mu o tym Cassie.

– Tak – rzekł. Wytarł oczy. Dan tak cieszył się jego szczęściem, że nie dało się nie odpowiedzieć mu uśmiechem. W tych czasach tak rzadko zdarzały się radosne spotkania. – Znam ich.

– Wywołaj Cassie przez radio – polecił Dan mężczyźnie przy

stoliku. Następnie położył Peterowi dłoń na ramieniu i wskazał drogę.

Dan coś powiedział. Peter potaknął, ale nie słuchał. Obserwował, jak złote i czerwone liście opadają na drogę, i modlił się, by wszyscy tam byli. Wtedy przez przyjazny głos Dana coś się przebiło – odgłos bosych stóp uderzających o ziemię. Znał tylko jedną osobę biegającą bez butów przy każdej możliwej okazji.

Podniósł wzrok, gdy Cassie wyłoniła się zza zakrętu. Zatrzymała się z otwartymi ustami i zszokowanym spojrzeniem – zupełnie jakby nie była pewna, czy naprawdę zobaczy jego.

– Peter! – zawołała i pobiegła do niego.

Śmiała się tak beztrosko i uśmiechała się tak szeroko, że był już niemal pewien, iż dotarli tu wszyscy. Nawet jeśli nie, to wciąż miał córkę i najlepszą przyjaciółkę. Wciąż miał rodzinę. Był w domu.

1   W tłumaczeniu Zofii Romanowiczowej (przyp. tłum.).

2   „Banana" nie tylko rymuje się z „Ana", ale także oznacza kogoś,
kto ma nie do końca po kolei w głowie (przyp. tłum.).
3   Vermont jest obszarem intensywnej wycinki na potrzeby prze-
mysłu drzewnego (przyp. tłum.).

Podium